冰心散文奖
获奖作家散文自选集

桑干河畔的情思

桑农 著

民主与建设出版社
·北京·

© 民主与建设出版社，2021

图书在版编目（CIP）数据

桑干河畔的情思 / 桑农著 . —北京：民主与建设出版社，2021.5

ISBN 978-7-5139-3539-5

Ⅰ.①桑… Ⅱ.①桑… Ⅲ.①散文集—中国—当代 Ⅳ.① I267

中国版本图书馆 CIP 数据核字（2021）第 084938 号

桑干河畔的情思
SANGGAN HEPAN DE QINGSI

著　　者	桑　农
责任编辑	周佩芳
封面设计	王秀娟
出版发行	民主与建设出版社有限责任公司
电　　话	（010）59417747　59419778
社　　址	北京市海淀区西三环中路 10 号望海楼 E 座 7 层
邮　　编	100142
印　　刷	河北信德印刷有限公司
版　　次	2021 年 7 月第 1 版
印　　次	2021 年 7 月第 1 次印刷
开　　本	710 毫米 ×1000 毫米　1/16
印　　张	13.5
字　　数	220 千字
书　　号	ISBN 978-7-5139-3539-5
定　　价	52.00 元

注：如有印、装质量问题，请与出版社联系。

青山高，流水长，清清河水映夕阳，绿树密，雁成行，如诗如歌如画廊。桑干河畔生人，桑干河畔成长，兄妹、爹娘、老师、同学在心上，长相思，常梦想，千言万语汇文章。

桑 农

2020 年 11 月 20 日于北京

目 录

第一辑　寻根问祖
祖先从哪里来　002
神奇的源头　005
祖坟　009
刘家山　011
读《桃花源记》引梦　014
走进泥河湾　016
柏树洼村志　019

第二辑　童年往事
河畔往事　024
老唐　028
记忆中的家乡年　032
那个绕麻绳的年代　036
月圆之夜　039
灰馒头　041
山顶上的杏树　044
家乡通电　046
那年家乡乐正浓　049
师恩难忘　053
像她那样做个好人　055
家乡的野蜂在飞舞　059

两代人的《花为媒》情怀　061
豆腐坊　064

第三辑　绵绵情丝

几世琴缘　068
又梦家乡戏　070
兔山情　073
草原上的亲人　077
笛声悠远　081
桑干河畔的情思　087
家乡的艾草瓣　090
那个挨饿的年代　093
墙头记　097
京郊大妈　100
叔叔的微笑　103
母亲　107

第四辑　漫步山林

神秘的大峡谷　112
我读《太阳照在桑干河上》　116
我想去云南　120
河东的那些村落　123
品读《聊斋》　129

鲁汉女儿送来《铁道游击队》 132
童年的记忆 135
走在新加坡的大街上 138
把眉山文气带回京城 142

第五辑　温暖人生

家乡的墙围画 146
那年家乡农业学大寨 150
心中有匾 153
桑干河畔的向阳花 157
戏迷胡大爷 161
母亲草 165
老班长和《孔雀东南飞》 167
寻找会吹笛子的人 171
我与《红楼梦》 179
心中的歌声四十年 183
认识苏三 186

后记 202
寄语 206

第一辑　寻根问祖

祖先从哪里来

绿水东流，群山环绕，鸡犬欢唱，炊烟袅袅，生活在梁疙瘩山脚下的人们，一辈辈，一代代，在这里建造房屋，开垦农田，不知过了多少年，不知繁衍了多少代。今天人们不由自主思索："是谁最初选择了这块风水宝地，自己的祖先从哪里来？为什么把这里叫作西坪？"

据《中国通史》记载："在山西省阳高县许家窑村和河北省阳原县侯家窑村一带，也就是西坪村向西不到二十公里的地方，近几年发现了十万年前到六万年前的人类化石近二十多块，这二十多块化石分别属于十个不同人类个体，经考古研究发现，他们总体上属于早期智人。从发掘出来的一万四千件石器中可以知道，那时候我们的祖先已经能制造更进步的石器和骨器。"穿越历史隧道，我们是否可以想象：在群山叠嶂，草木茂盛，清澈见底的桑干河两岸，我们的祖先两两结伴，三五成群，顺水而下，他们为寻找自己理想的家园而来到这里呢？

据1991年12月宣化县编纂的县志记载：在明代前，东坪和西坪是一个完整的村落，因为每年雨季，大沙河水要汇入桑干河，所以那时东坪和西坪名为大沙河村，后经雨水多年冲刷，大沙河水把整个村子分割成了三个自然村，即：东坪、西崖（ái）底和西坪村，1946年正式分建为东坪和西坪两个行政村，至今深井附近的村民仍然称呼东坪、西崖底和西坪三个村庄为"大沙河村"。在此值得一提的是：唐贞观年间，村民们以勤劳和智慧修建了远近闻名的清泉寺，而遗憾的是那雄伟壮观的寺院在"文革"期间被毁坏，20世纪80年代中期修建大秦铁路时，将寺院残留遗址彻底拆除。自此，著名的唐代清泉寺永远留在了后人的记忆和故事传说中。

从清泉寺的传说，我们可以推断东坪和西坪村人在那里定居较早。村里的老年人说："很久以前东坪和西坪只是张姓和任姓的人居住。"那么，胡姓、王姓和裴姓等，又是从哪里来的呢？让我们再翻开1991年12月宣化县人民政府编纂的《宣化县志》看看东坪和西坪周围的村落。王家湾村，在明朝以前起建，原名为"河南庄"，在明末清初因王姓居住较多，整个村庄又因为坐落在山湾处，故改为现名；温家窑村的历史记录十分清晰，在明代有温姓两户来此，在土崖打下窑洞，后成村落而定名；胡家庄村，在明初由山西胡姓人来此定居而取名；李家湾村，在明以前有李姓来此定居，渐成村落；胡家庄村，明以前建村，因为胡姓居住较多而命名胡家里，后简化为现名；塔院村，因为东坪村唐代清泉寺有五位方丈的墓塔建在那里而得名。据说当时墓塔高耸入云，四周围墙高大，整个塔群雄伟壮观，长年累月有人看守和清扫，到明代墓塔逐渐消散，而守塔的人留在那里代代生存，20世纪80年代末因为那里缺水，人们逐渐西迁；刘家山村，在明以前有刘姓两户来到山上定居而取名；谢家湾村，在明初有山东姓谢的一户人家来此山湾定居而取名，1966年象光洞村五户，十四人迁入谢家湾村，扩大了村子规模；栗家湾村，在明初由山西姓栗的人来此山湾处定居，渐成村落而取名；史家沟村，在明初由姓史的人到此山沟处定居而取名，多年后姓史的人家无子，赘婿裴姓子嗣，从此裴氏延续发展到了今天，但史家沟村的名称一直未改。从东坪和西坪周围的各个村落我们发现一个问题："为什么这些村落多数是在明朝前后起建？"为了弄明白这个问题，我四处打听，西坪村的长辈告诉我：胡氏的祖先来自胡家庄村，而胡家庄人是来自山西省洪洞县的大槐树下……

2005年5月13日凌晨，我带着寻根问祖的目的来到著名的山西省洪洞县大槐树遗址处。在明代遗民公布栏上我清楚地看到：在明洪武至永乐十五年间，明朝政府屡次移山西民于京、冀、鲁、豫、皖、苏、鄂、秦、陇等十余省市；在《山西省洪洞县县志》的古槐移民先祖姓氏表中，我仔细观察，发现当时移民中（按汉语拼音音节索引表为序），胡氏为3721人，孟氏为2100人，裴氏313人，任氏5241人，史氏5913人，栗氏68人，王氏51544人，张氏64123人。当我们认真阅读以上材料时，发现《山西省洪洞县县志》和《河北省宣化县县志》记载完全吻合。

小时候，爷爷奶奶经常讲，祖先来自山西省洪洞县大槐树下，明朝年间，山西省洪洞县一带水草丰盛，人口过于密集，朝廷决定要向四周移民。官兵到村民家里抓人，村民把着门框不愿意移走，后来办差的官兵想了一招计策说："到大槐树下的人不移走。"于是人们背着老人抱着孩子往树下跑，等人集中差不多了，官兵把集中树下的人用绳子绑着，马车拉着移向四方。在迁移的路上，有人说："把我的手解开，我要撒尿！"直到现在"解手"这个词儿还在普遍应用。在成长过程中，我发现爷爷奶奶讲的那些"移民故事"是一代代人口传下来的。长大后我通过读书学习和实地考察，发现爷爷奶奶讲的是那样真实。

勤劳善良的先民啊！你们用坚强的意志战胜了历史战乱、自然灾害和人类疾病等，使子子孙孙，世世代代，生生不息。

2005年5月6日

神奇的源头

我家门前有条清澈的河,名叫桑干河。在解放军艺术学院课堂上,当同学们介绍自己的家乡时,我自豪地向老师和同学们介绍:"我的家乡桑干河……"当我介绍到我的家乡桑干河就是著名作家丁玲笔下的红色经典名著《太阳照在桑干河上》时,老师和同学们很快记住了我的名字。可课后我又为那"桑干河源头在哪里"感到困惑。桑干河的源头在哪里?村里的老人曾经告诉我:"桑干河是黄河的支流……"多少年来我一直认为黄河水汹涌澎湃、浩浩荡荡流经山西时,把支流分到我家门前,然后人们根据美女变成春蚕,食尽桑叶,吐丝为人们织布的故事传说取名为桑干河。在生活中,我每时每刻都为那无穷无尽的美妙传说着迷,于是凭着自己的想象:桑干河连接黄河的地方是那样宽阔,那样壮观……多少次我下决心,有机会一定要亲自到桑干河的源头去领略母亲河那壮丽的美景!

2007年5月16日凌晨,我在山西省朔州市(曾经为朔县)下了火车,从一本书上得知桑干河的源头就在这里。在清晨阳光的照耀下,新建的小城高楼林立,街道整洁,城区南北群山起伏,连绵不断。我想:桑干河源头定是在西南方向,于是叫了辆出租车,高兴地对司机说:"快,送我到黄河边。"

司机说："十元钱。"

我想：因为不远了，估计也就是这个价，就激动地说："好，我们赶路！"

我坐了一夜火车，多少有些劳累，打了个盹儿，听司机用当地话说："大哥，你要去的地方到了。"我不由得猛地一惊，醒来，边付费边道谢，匆忙下车。当我定睛看时，大吃一惊："这哪是桑干河源头，周围仍然是高楼和街道嘛！"我赶紧抬头辨认东南西北，在清晨阳光的照耀下，我忽然发现两座高楼中间格外醒目的六个大字："黄河洗浴中心。"此时我才恍然大悟，自己当时没有说清楚，司机弄错了。我向正在清扫街道的清洁工大姐打听母亲河的位置，大姐用当地话告诉我："哎，具体我也说不好，只知道你说的地方离这儿很远……"在广场上，我向晨练的老大爷打听，老大爷说："好像在宁武县……"在小饭馆里，老板娘、服务员和就餐的客人把我围得水泄不通，大家七嘴八舌，十分热情地介绍了许多，总之：因为离这儿很远，谁也没去过，谁也说不好。不得已，我只好返回火车站，在路边向一位年轻的出租车司机打听，他说不清，当我正不知所措时，从我身后来了一位五十多岁的男子，指着自己的出租车用当地话对我说："你说的地方我带你去，如果不对，我一分钱不要，此去保证让你满意。"说着就把我往他车上拽，并说："放心吧，不会错的。"我只好抱着试试看的心态上了他的车。

路上，他边开车边说："桑干河源头，不在黄河边，是在离这儿不到四十公里的东北方向，地名叫'神头镇'。"

"神头镇？那就是与黄河没有连接啦？"我惊讶地问。

"对啦！黄河离这儿很远，怎么能连得上？我从小在神头镇长大，上学时我们经常这样写作文：'洪涛山下，桑干河畔是我可爱的家乡……'"说着他满脸自豪。此时我感觉桑干河源头有门儿了，赶紧抛砖引玉："与黄河没连接，那么多水从哪里来？"

他说:"从地下冒出来的,你没见过,当然想不到,桑干河源头十分神奇,见了你就知道啦!"此时,我无法控制自己好奇和激动的心情,恨不得赶紧飞过去看个究竟。

出租车在宽阔公路上急速行驶……说时迟那时快,在绿色河畔中间,一股洁白如玉的水柱从地下腾空升起,足有三米多高,在晨光下如人造喷泉,如云雾中仙女,如华表直立……简直用语言无法形容。

他说:"到啦,看到没有,那就是最大一股喷泉,是桑干河源头之一。"在他的陪同下,我走近那神奇的喷泉,听着唰唰的喷水声,感觉一股清新的凉气扑面而来。在喷泉周围,有许多五颜六色的小石头被泉水浸泡得干干净净,光滑晶莹,色彩夺目,真是太美丽了。我伸手抓一块儿,感觉凉凉的。我问:"这泉水如此清澈可以喝吗?"他回答:"当然可以,在河下游不远的啤酒厂,人们还用这水酿酒呢!"听着他的介绍,我双手一掬送进口中,果然甘甜清凉,忍不住又喝了一口,沁人心脾,真是美妙极了,我还用杯子接了些带走,只可惜我带的杯子太小了。

司机说:"这只是桑干河源头之一,还有个地方我一会儿带你去。"顺着他手指的方向,我向北面群山望去,只见群山连接的地方两边高中间低,很像怪兽脑袋。他告诉我:"那就是洪涛山,当地人叫它'大王山',传说在远古时期,山里住着个山大王,它作恶多端,后来玉皇大帝派天兵把它拿住,把它的脑袋砍下放在那里,以告诫其他神灵,谁要祸害人间,下场就和它一样……"

到了山下,我眼前又出现了一个美丽的湖泊。向东看碧水连天,向西看绿树成荫。湖的周围十分平静,野鸭在湖面上时隐时现,燕子斜着身子,用小翅膀划过水面,使平静的湖面碧波荡漾……

湖的北岸有几个老人在垂钓,老人告诉我:"这些水来自地下的泉眼,与东边的冲天水柱汇聚成桑干河……"

在返回县城的路上,出租车司机继续介绍:"这水向东流,是桑干河两岸农业发展的重要资源。改革开放后,许多老板想用这水制成矿泉水,投入市场发大财,都被当地政府拒绝了。为了保护好桑干河水源,朔州市专门成立了桑干河管理局,几家刚开业的造纸厂在管理局监督下关闭了。20世纪50年代,这样的喷泉很多,因此桑干河水比较大。后来山上树木砍伐严重,地下水就随之减少了,如果再不加强保护,桑干河可真的要干枯了。幸好这几年政府重视,成立了专门管理机构,加大了管理力度,在周边还加强植树造林,近几年地下水又开始增多了。"

车到县城中心,桑干河管理局大楼呈现在我的面前。在管理局大厅的宣传栏上,我看到许多桑干河源头图片。此时我想找相关工作人员聊聊,传达室的值班员告诉我:"城市发展快,用水矛盾大,工作人员多数外出办事了。"

回京的列车在飞驰,那神奇的源头仍然在我脑海中萦绕……

光阴似箭,如今多少年过去了,每当我回到自己家乡,在桑干河畔漫步时总要想起那神奇的源头……

(作者注:桑干河水日夜奔流,沿途经过了许多县城和乡村。在流程中,河水可能混杂其他有害成分,桑干河中下游一带村民如果想要直接饮用,须经相关部门检测许可。)

2007 年 5 月 20 日

祖坟

家乡的村庄分为山下和山上，山脚下为活人的居住地，那向着阳光和被黄土覆盖着的山坡为故人的居住地，人们称呼那里为太阳坡，那里是全村人心中的"圣地"。小时候我和哥哥上山拔兔草，路过那里，我憋不住尿了，正要撒尿，哥哥生气地说："你要干什么？这方圆五里都是祖先的安息之地，哪能在这里撒尿？先憋着，下山后再尿！"

不知从什么时候起就有了这样的规矩："剽、窃、赌和投敌叛国者死后不得和先祖埋在一起（当地人称不能进入祖坟）。"一天清晨，我从西山脚下路过，发现一口棺木被昨夜的雨水冲开了，当我看到尸骨外露，而吓得心惊肉跳时，一位过路的老人告诉我："那是你们家亲戚。""我们家亲戚？"我迷惑不解地回家问奶奶，奶奶说："那是我的父亲，他有赌博恶习，被逐出家门，晚年和我们一起生活，去世后老家人不让他入祖坟，我只能给他在那西山脚下找个地方将就着。"在奶奶催促下，爷爷买了块上等木料做了口新棺材，我和爷爷费了好大劲才在西山脚下另找了个合适的地方重新安葬了太姥爷（外曾祖父），可没想到第二年雨水更大，奇怪的是北面太阳坡上的那片"祖宗圣地"在大雨中安然无恙，而西山脚下洪水暴发，泥石流顺势而下把太姥爷的新坟深埋了。奶奶知道后泪流满面地告诫："你一定要严守祖训，堂堂正正做人，千万不要像他那样啊！"

老家人吵架有个潜规则，就是不得侮辱祖宗，如果上升到祖宗，那就是狠毒的骂人语言了。因此在抗战年代，面对日本人的烧杀掠抢，老家人愤怒地骂："小日本儿，我日你祖宗！"

如果谁家的孩子考取名牌大学，老家人会用夸奖的语言赞美："太好啦，真可谓祖坟上冒青烟，光宗耀祖啦！"正因如此，多少年来，在外打拼的男儿们都受着家乡山坡上那些"祖训"的约束和激励，就是嫁出去的女子也更会因此恪守妇道。

近些年，随着人们思想观念不断提升，更多人早已不相信世上有什么灵魂，但每到大年初二、清明、七月十五等特殊日子，家乡祭祖的人越来越多，他们心中不仅仅是缅怀已故的亲人，更是对祖先的崇敬！

2007 年 8 月 10 日

刘家山

"远上寒山石径斜,白云生处有人家。"可惜本诗作者杜牧没到过刘家山村,但是他这两句诗用来描述刘家山村也很合适。

走,让我们去看看刘家山村。

顺着一条大沙沟走了约两公里,在大山脚下右侧有条不足一米宽的羊肠小道。顺着这条崎岖蜿蜒的小道向上攀登,快到山顶时,可以看到大自然的鬼斧神工将整座大山笔直地分开约二十米宽。这时可不要向山下看哦,不然会不慎掉下万丈深渊的。顺着右侧的山间小道进山,再向上爬约三千米,隐隐约约听到鸡鸣狗吠之声,循声而至,在层层梯田尽头和绿树中间,有几间小屋,那就是刘家山村了。

为什么取名刘家山村?据说明朝以前,为了躲避战乱,有刘姓两户人家从山西来到山顶上定居后取了这个名字。一个村庄落定,为了繁衍后代,必须引进外姓,六户人家当中,有两户孙姓和两户王姓。村子除了那条羊肠小道,再没有其他路了,山顶上有的人一辈子没下过山,连汽车都没见过。他们主要交通工具是驴子,它可以帮助刘家山人驮水、驮粮食、驮肥料,这样的路也只适合一人一驴先后而行,真有一夫当关,万夫莫开的气势！

别小看这六户人家的山顶小村，这里的人可没挨过饿。山顶上有桃树、杏树、梨树，农作物有玉米、土豆、高粱、黍子、黄豆等，物产一点也不比山下少。至于饮水，山顶上的小山沟里有股山泉四季不息，虽然从来没有人检验过山泉的成分，但是自从有人定居下来后，人们就喝这大山里流出来的泉水。

上小学时，我的老师姓孙，他就是刘家山人。老师家要盖新房子，那时我还不到十岁，和几个同学从山下扛几根木料上山，给老师送去盖房子。上初中时，一天傍晚，我去了刘家山，在同学家喝了口水就下山了。

上高中时，经常听母亲说，小时候我们家粮食紧缺，母亲营养不够，没有奶水喂养姐姐，姐姐出生不久就寄养在刘家山姓孙的人家，那家兄弟姐妹特别多，数姐姐最小，他们称姐姐为奶妮儿，他们对姐姐非常好，直到姐姐三岁时，母亲才把姐姐接回家，但是每次有奶哥哥、奶姐姐们下山，总要来我们家看姐姐，给姐姐买学习用具、衣服和好吃的，那时二哥经常羡慕地说："我也要奶妈，我也要好多奶哥哥、奶姐姐。"

1998年，上级要求村村通公路，这可难坏了当地政府，刘家山就六户人家，要往高山顶上修公路，这可是大工程，再说也不合算呀！于是当地政府就动员刘家山人搬迁到山脚下的谢家湾村，从此刘家山村就在中国村落的登记册上消失了。

2008年，我再次去刘家山，那里已经没有人居住多年了，只剩下残垣断壁和一人多高的野草在山风中瑟缩，我站在废弃的村落遗址上，有种无法言表的悲凉感受。

"若有人兮山之阿，被薜荔兮带女萝……"我不知道刘家山村那里是否住有神仙，但我知道刘家山村的人们在大山的磨炼下，个个意志非凡。在中学时期的一次植树活动中，我发现那里无论男女同学干活都耐力持久。另外，我的笛子老师从小在刘家山村的山顶上练就了笛子吹奏硬功夫，成为一个地域一个时代的笛子佼佼者。有一年的"五·一"假期，我去宣化看望老师，他在回忆中感慨地说："那里的大山、蓝天和白云很有灵性，那里适合练习演奏笛子、二胡和古琴，更适合办一所书院，让人们在那里读书……"

"青山举蓝天，山在云海间，小道缠山腰，绿草迎风展，树林深处藏小屋，睡梦之中生画卷，千山万水隔不断，长相思，常相恋……"不知为什么，我总对那几户山顶上白云生处的人家充满感情，每次回家我都想上曾经的刘家山村去看看。

2016年春节，我带八岁的儿子回老家，儿子说想去爬山，我忽然想到那大山顶上的刘家山村，于是我带着儿子顺着大沙沟往里走，可遗憾的是在大沙沟里转了好久，怎么也找不到上山的路。从2008年至今快十年了，通往刘家山村的那条羊肠小道，在风雨中消失得没有留下任何痕迹……

刘家山村啊！你虽然消失在了苍茫的大山深处，却永远留在了爱山人的心中。

2016年2月3日

读《桃花源记》引梦

那天下班途中,在地铁里阅读陶渊明的《桃花源记》,感觉文中情景与桑干河畔桃园和村落相似。

那夜大风寒,寒风吹树木,回到家中偶感风寒,饮红酒飘然入梦。梦中自驾小舟逆桑干河水西行,忘路之远近,忽逢桃花林,夹岸数百步,中无杂树,芳草鲜美,落英缤纷。吾乃甚异之,复前行,欲穷其林。

林尽水源,便得一山,山有小口,仿佛若有光。便舍船从口入。初极狭,才通人。复行数十步,见山脚有村落,近村见匠于山崖雕凤,此乃高大五米,观之,发现凤爪为人足。问其因,匠答:"此为神鸟,所以生人足。"见匠辛苦,帮其清扫落渣。有长者前来观之,见吾为外乡人士,乃大惊,问所从来,具答:"孩童时期闻西方风景甚好,今有幸前往,向西何路?"长者手指大山。夕阳余晖下,翻越大山,眼前豁然开朗,土地平旷,屋舍俨然,有良田美池桑竹之属,阡陌交通,鸡犬相闻。其中往来种作,男女衣着,悉如外人。黄发垂髫,并怡然自乐。欲近,泉从山脚奔流阻隔,泉清照人,便知桑干河水源于大山乳汁。欲寻浅滩过河,此时有牵牛农夫叮嘱:"地有暗河,踏河石方可过之。"过后叩拜谢恩,否则掉暗河入另世不复出也。进村，见有白发老翁闲谈，其见外乡人士，乃大惊，问所从来。吾答："孩童时期闻西方风景甚好，今有幸前来……"与翁交谈，老翁云："先世避秦时乱，率妻子邑人来此绝境，不复出焉，遂与外人间隔。"吾问今为何世，不料老翁不知有汉，不知魏晋，不知唐宋，不知明清，不知国共。

村中孩童引弓弹射；树下村姑放歌；屋内有妇纺织，好一派农家盛景！

不觉日落，便思何宿，巧有村妇带双子前来，吾乃上前行礼问询："啊！夫人，此乃夜色已晚，村有店乎？"妇答："客之甚少，何店之有，官人若不弃陋室，可随往。"随其家，妇设酒杀鸡作食，正用之忽惊，便问："夫何不同用？"妇泪答："夫君去年山之采药，夜途不慎坠村外暗河溺亡，留有妻小，父母年迈。"吾大惊："夫乃何容？"妇答："面黑身壮。"吾大悟："其夫魂已化村口牵牛农夫，指路过河者也。"吾曰："吾乃家有妻小，远道而来，在此夜宿恐有闲言。"妇曰："官人勿忧，吾请公婆。"语落，双子奔走传告："爷……奶……客之远方来！"老人将致，寒暄问暖，举酒相敬。酒尽饭足，吾见壁挂胡、笛，其奇问询："谁喜此乐？"老人答："儿知一二，儿亡孙欲学，顾大山阻隔，未得师矣。"吾叹之曰："如孙儿愿学吾乃教之。"老人喜曰："此乃甚好！"日复将授胡琴技、笛艺双子，数日双子能奏，村中闻有此人，咸来问讯。可否广教之子？具言所闻，皆叹从之，吾乃各复延至其家，皆出酒食，以歌相赠，以文会友，以乐相送，停数日，辞去。村人语云："不足为外人道也。"

既出，得其船，便扶向路，处处志之。及诣朝阳文首说如此。首遣文协、美协、摄协名士随其往，寻向所志，欲采创，遂迷，不复得路。

豫州程度，品德高尚，书艺非凡，闻之，欣然规往，未果，后遂无问津者。

梦醒。

2019 年 5 月 10 日

走进泥河湾

家乡正月有"迎喜神"习俗，人们择良辰吉日外出把喜神迎回家。

初三大早，我开车带着八十多岁的父亲出发了。父亲说："喜神在西南方向。"我们开着车顺着桑干河畔前行，一路上，阳光明媚，群山起伏，河水奔流，我们心情十分舒畅。父亲说："今天天气好，喜神肯定已经到咱们家了，咱们下个环节去泥河湾看看。"我说："好的。"

泥河湾离我们家不到三十公里，虽然小得在地图上很难找到，但是20世纪初已经被中外考古学家关注，其主要原因是二十世纪初法国传教士在那里发现了古生物和古人类化石。1911年，法国神父林懋德利用庚子赔款，在泥河湾村修建了一座小巧别致的教堂。1921年，法国天主教神父文森特来到泥湾传教。在传教期间，他发现了第四纪河蚌、哺乳动物和古人类化石，他把这一发现通过书信告诉自己的好友 Emile Licent，中国人把他的名字与桑干河联系在一起，为他取名桑志华。桑志华于1876出生，是法国著名地质学家，古生物学家，考古学家，科学院院士，1952去世。在他回信的指导下，神父文森特利用三年时间走遍化稍营、大田洼、小田洼、石闸里、谢家湾、河南庄（王家湾）、栗家湾、西坪村、东坪村等地的山沟和坡梁，又收集了大量化石标本。世界上神父多如牛毛，但文森特是发现东方人类祖先故乡的第一人。1924年夏，按照书信约定，文森特、桑志华和德日进三人在张家口的土尔沟天主教堂会面。文森特拿出自己收集的化石标本给两位考古学家看，两位专家看后惊喜万分，一致认为泥河湾有着非常古老的地层和动物群，距今约一百七十七万年前远古人类就活动在这片土地上。桑志华打开随身携带的中国地图，问文森特泥河湾在哪里，文森特回答："太小了，地图上找不到。"这个地方虽然不起眼，但这一重大发现，改变了中国人对自己祖先活动年代和地域的认识。一次，我陪着父亲去化稍营镇看牙齿，在闲聊中牙科大夫说："神父文森特的坟墓就在泥河湾北面的山坡上，或许东方人类祖先喜欢这位神父，他永远和东方人类在一起了。"

当重新翻开我国历史教科书时，书上讲述的"云南元谋县上那蚌村发现的距今约一百七十万年前的元谋人化石"已经不是最早的人类化石了，文森特发现的古生物和古人类化石证明，东方最早人类故乡是河北省张家口市阳原县化稍营镇的泥河村。

据河北省考古工作者推测，二百多万年前，泥河湾是个较大的湖泊，湖泊周围是古动物的世界。后来湖水干枯，湖底裸露，由于河流改道，干枯的"古湖平原"变成了丘陵、台地和盆地。盆地周围山地森林密布，气候温暖潮湿，野生动物密集，同时也是远古人类理想的生活场所。

站在泥河湾的村口，踏着这片古老而又神奇的土地，我仿佛看到泥河湾的先民们在这片土地上狩猎、耕种和缝补衣服……这里散发着祖先的气息，这里孕育着生命的希望……

1900年到1924年，中国正处于国体衰弱、信仰紊乱年代。父亲回忆："我小的时候，桑干河水最深的地方有十多米，河面宽三百多米，那时候河面上没有桥，人们全靠有限的摆渡过河，因此每年都有人在河里溺水而亡，在大自然面前人显得是那样渺小，每到深夜大人们在昏暗的油灯下讲述着吓人的鬼神故事；那时候经常还有人到村子里传播这教那教，有一次一位远方的亲戚从泥河湾来到西坪村蛊惑你爷爷,南方正在打仗,北方匪灾成群,所以说这个世界大难将至,若想保住生命必须得信奉'一贯道'……你爷爷听后十分生气,再也不让那个人进家门了。我问父亲是否听说过泥河湾的"法国神父"。父亲说:"我小的时候,你爷爷只告诉我,泥河湾信教的人多,那里有外国教堂……"那时候的教堂是什么样的?假如有张绘画图多好啊,可惜泥河湾的古代资料太少了,从现存的当地县志来看,也没有多少远古记录,只有那缓缓流淌的桑干河水和那沉默无语的两岸青山,清晰地记录着人类祖先的来历,但他们又无法告诉我祖先活动的详细经过。古老的诗、碑文、故事、传说、村史、歌谣和民俗活动是多么的珍贵啊!今天,我们不能简单劲歌狂舞,更不能只专注吃喝,我们要为后人留下点什么。今天的现实生活就是明天的历史,每个人都是历史的创造者和记录者。人类社会需要史记的同时,也需要诗歌、散文、故事传说、村史、歌谣和民俗活动等史料记载。

走进泥河湾,看着那厚厚的黄土和那缓缓流淌的桑干河水,让人浮想联翩,还能充分感受最早东方人类故乡祖先的味道。

2016 年 3 月 8 日

柏树洼村志

听老人们说:"明永乐年初,山西移民来此定居,渐成村落,因周围柏树多故得名'柏树洼村',虽然后来没有柏树了,但是仍然沿用此名。"

在我的印象中这个村子地位显赫是因为20世纪80年代初村子里有一班技艺非凡的民间鼓乐队,当地人称鼓乐匠。山里人除了种地,还有个特殊爱好,那就是练习乐器吹奏,他们空闲时,夜以继日地练习,为赚点收入,无论周围村庄的红白事儿的规模大小他们都积极参与,在当地享有盛名,爷爷去世时就是请他们给吹奏的,那曲子十分悲伤,多少年来我一直想知道他们当年吹的是什么曲子,乐曲出自谁手。父亲说:"自己年轻的时候,他和戏班经常到那里唱戏,那时父亲是戏班里拉二胡的,那里的人们非常喜欢看戏。"这就难怪了,那些乐曲很可能是民间某部戏曲的某个段落。

听大哥说:"爷爷有九个妹妹,其中一个妹妹嫁到柏树洼村,爷爷去世时,大哥受命去那里请鼓乐队,和他们联系好的时候已经是中午了,大哥又饿又渴又累,于是他到了姑奶奶家,八十多岁的姑奶奶听说自己的哥哥去世时很伤心,她边给大哥做饭边擦眼泪。"大哥临走时姑奶奶抹着眼泪说:"哥哥去世了,本应该回去看看,可当地习俗规定出嫁的女子这时候不合适回去……"在我童年的记忆里,姑爷经常去我们家,他留着长长的胡须,母亲说:"他从十八岁就开始留了,那叫十八须,深山人的长须代表着年高德劭。"姑爷身上还有些和正常人不同之处:"他右手只有两个手指,并且胳膊多处是花色。"我和弟弟看后感觉十分害怕,母亲说:"那几年,柏树洼村经常下冰雹打坏庄稼,姑爷和同事在研制打乌云炮的炸药时,忽然炸药起火,几个同事当场丧命,他虽然保住了性命,但是身体多处烧伤,右手三个手指没有了。"姑爷在我们家边吃饭边眉飞色舞地谈论:"柏树洼,好地方,人们就像在蓝天白云里居住一样,当年日本兵敢想不敢去,柏树洼村的山脚下到处是村庄,谅他们也没有那个胆……"

今天是父亲节,我陪着父亲进山逛逛。走到山下,八十多岁的父亲说:"山上是柏树洼村,我腿脚不好,上不得山,你上去看看,我在这里等你。"本来是我陪父亲逛,没想到父亲早知道了我的心事儿,他以买野鸡为借口,把我带到了山下。顺着山坡上的羊肠小道,翻过了几座山包,在夕阳余晖中,我看到远处的半山腰间有些土坯房,我想,那就是柏树洼村了。可那么远,我担心父亲等得着急,心想下次再去。当我往回走时,在山间小道上忽然出现了一位慈祥的老太太,她手里牵了头毛驴,那场景好似《西游记》里描述的那样。她非常热情地问:"怎么,要回去了?"我说:"是啊,我父亲在山下等着我呢!"她笑笑说:"既然快到了,就上去看看呗!"在她的劝说和陪同下,我又开始上山了,我边爬山边问:"村里还有多少人?"她说:"十四人,最年轻的是位四十多岁的哑巴,青年人能走的都走了,我女儿在县城工作,我去女儿家住了几天,感觉县城不如这里空气好,我喜欢这里清新的空气,更喜欢这里黄土的味道,村里不愿意走的老人都是我这种想法,等我们这代人没有了,这个村庄也就不存在了……"

和老人边走边唠嗑,不知不觉就走进了村庄,村头有个大大的打谷场,场地边上有两个石磙子。我问:"现在还在这里打谷吗?"她说:"是的！"我想，这可真够古老的，我小的时候家乡人就是这样收秋，四十多年过去了，没想到这里仍然保存着古老的收秋方式。我问："村子里人最多时有多少？"她说："近五百人。"可以想象当年这里是个不小的村庄啊！看着这些残墙断垣，我眼前好像出现了一个繁忙的场景，好像看到无数的人们在田地里播种，在打谷场上忙碌着，好像看到鹅毛大雪中，坡上坡下家家户户在贴对联过新年，又好像看到村里的鼓乐匠们在喜庆地吹奏着……人们高兴地唱着……跳着……一群野鸡飞过，我才从幻觉中醒来，可眼前那些残墙断垣间已经种上了黍谷，在山村岁月的历史中，姑奶奶和姑爷已经化作了黄土高坡上的小草，这里散发着祖先的气息，这里保留着亲人的牵挂。

刚才那位老太太说："鼓乐队中最著名的乐手姓秦，20世纪90年代中期外出打工因车祸身亡了，从那以后村里的年轻人越来越少，鼓乐队再也组织不起来了。"

为了让人们记住那名声显赫的民间鼓乐手们，为了让人们记住那个快要消失的村庄，我写下了这篇文章。

2018年5月3日

第二辑 童年往事

河畔往事

  瓢泼大雨下了一个多小时，天空仍然阴得像块铺天盖地的黑布，细雨还在沙沙地下着，人们的衣服都湿透了，可谁都不愿意离开河岸。大家虽然以不断上涨的河水为界站得整齐，但目的却各有不同，胆小的是为了从浅水里弄几条鱼解馋，胆大的是为了河中央浪尖儿上那些翻滚的木料。去年河里涨水时，光棍儿汉老六捞了四条大鱼，不仅过了个好年，就连给他做鱼的邻居嫂子也跟着沾了光。不怕死的二黑子去年涨水那天黄昏，他勇敢地游到河中央，把二十根大木料顺着上涨的河水推上岸，虽然喝了几口浑水，差点没命，但邻居们认为这样的玩命很值得。二黑子发财后盖了三间正房，做了套漂亮家具，媳妇也顺利地过门儿了，小日子过得红红火火。

  河水在上涨，浪头上的"财物"一点也不比去年少，甚至还有些牛羊在浪头上翻滚。在那个生活相对艰苦的年代，对于长期缺肉吃的人们来说，如果能捞只羊或弄头牛什么的，那肯定是全家满嘴流油了。层层波浪推着细小的木棍儿、稻草末、羊粪球、死麻雀等上岸，牛羊河中翻滚着，就在这关键时刻，愣三儿喊道："哎呀！看你们这些胆小鬼儿，二黑子在就好了。"嘎子:"哎!二黑子在这儿。"光棍儿汉老六:"二黑子!你小子有媳妇儿了,怎么胆子就小了?"说着将二黑子推到岸边,二黑子穿着跨栏儿小背心儿,裤腿儿挽得高高的,鞋都没穿,看样子也做好了准备,可这次水势的确罕见,他望着河里一个个湍急的漩涡,再看看河上游天边那些急促的闪电,声音颤抖着:"我……再……看看是啥情……况。"这时,不知谁在起哄:"二黑子下水要经过他媳妇批准……"当人们正在拿二黑子找乐时,大家忽然被恐怖的一幕惊呆了,在河中央浪头上,有个人影若隐若现。有人说:哎呀!刚才我看见一只羊漂流下来,那人会不会是小羊倌儿三娃儿啊?三娃儿今天放羊还没回来……话音未落,就听一声"三娃儿——"随着撕心裂肺的喊声,一个瘦小的老太太"嗖"的一下扑到水流湍急的河里扑腾起来。说时迟那时快,只见二黑子像箭一样冲到水里,把老太太从漩涡边上拉了回来。刚上岸的老太太吐了几口浑水,哭喊着又一次冲向河中,二黑子又一次把老太太拉回来。有人喊:"摁住她!"有个中年汉子连忙将老太太摁在河边的沙地上。此时老太太好像没有气儿了,赤脚医生二婶儿赶快把裹在老太太身上的湿衣服撕开,将她扣在自己腿上拍打后背。半晌,老太太吐了些河水,连喊三娃儿的力气都没了,只是嘴唇一张一合不停地翕动着。围观的人谁也不知道老太太是在喊自己的三娃儿,还是在做临死前的挣气儿。

老太太的丈夫是在1960年冬天饿死的,留下了三个儿子。千百年来,家里儿子多,没取乳名的,人们习惯以"娃"字称呼:老大为大娃,老二为二娃,老三自然就称三娃儿了。大娃儿今年四十多岁了,二娃三十五岁,三娃儿刚满十六岁,多少年来他们家一直青烟冷灶,三个儿子从小没读过一天书,大字不识一个,但是老太太看着三个儿子能吃能喝能干活,甭提多高兴了,经常自夸:"别人家连续三个丫头,看我们家三个壮汉,这不是我上辈子修来的福吗?"至于给儿子们娶个媳妇儿,老太太从来不敢想。

人们把老太太抬回家时,天色已经很晚了。在昏暗的灯光下,大娃和二娃给老太太喂水喂饭……在那个年代,人们早上吃的是玉米糊糊就咸菜,中午玉米糊糊泡玉米窝窝就咸菜,晚上仍然是玉米糊糊就咸菜。说来也怪,村里好多老年人穷得一辈子没吃过一块儿肉,一天天依赖玉米活着,竟然多数老人活到九十多岁,有的还活过了百岁。再看看娃儿的老母亲,今年七十多岁了,虽然身体瘦小,体质也不差,地里家里的活儿全不耽误,可三娃儿这事儿对老太太打击太大了,老太太有气无力地督促:"你们还在这里干什么?快去!等河水小了把三娃儿捞上来……"

夜很深了,大娃和二娃遵照老母亲的"指示"顺着河边找啊找……

雨停了,天渐渐亮了,河水也失去了往日的凶猛,娃儿们的老母亲也跟跟跄跄在河边寻找。虽然老太太和娃儿们没有读过"刻舟求剑"的故事,但也明白不能总在一个地方寻找。当金色的朝阳洒满桑干河河床,晨雾渐渐消散时,老太太不知怎么的,感觉自己的三娃儿与倒在南皋上的大树有关,就让大娃儿挽裤腿儿过河去看看。大娃儿登上南皋时,发现大树的叶子几乎被水冲没了,树皮也被河水冲刷掉不少。当他仔细看时,惊讶地发现树的枝干上挂着一个人,肩部和头部被湿透了的黑单袄包裹着,胸、腰、臀、大腿、脚丫都是光着的,只有双脚腕上还挂着些布条。大娃不由得惊叫:"三弟!"赶紧跑上前将黑袄剥下看时,又一次惊呼:"天哪!真是三弟!"他抚摸三娃儿的身子,发现还有点儿热气儿,再摸三弟的胸口,还有跳动的感觉,他无法控制地向岸上的老母亲大声喊:"娘——三娃儿找到啦!他——他还——活——着……"

"什么?三娃儿找到了,他还活着?"老太太双腿一软,扑通一下跪在河边的淤泥里,对着河水放声大哭:"老天爷,你真是有眼啊,还能让我家三娃儿有命……河神啊!我给您磕头啦……"说着就像鸡啄米一样对着河水磕头……

千百年来,桑干河两岸的人们一直相信河里有神。有人说河神是腾云驾雾、张牙舞爪、作恶多端的坏人;而又有人说河神是穿着洁白的纱裙、驾着祥云、除恶扬善、救死扶伤的好人。三娃儿能在洪水中脱险,人们说三娃儿这次碰到的是后者。三娃儿在桑干河特大洪水中抱着大树捡了条命,人们奔走相告。三娃儿天生嘴笨,不具备做报告的能力,但是人们总想让他谈谈那洪水浪头上的体会。三娃儿说:"我……也说不好,我躲在一块大石头下避雨,天黑了,大雨……还在下,大水从……山里冲出来,我……在慌乱中抱住一棵大树……后……后来大树被洪水冲倒……"人们好奇地又问大娃儿,你是怎么发现你弟弟三娃儿的?大娃儿天生更嘴笨,他回忆说:"我……登上南……皋,看到三弟……看到一条……像羊鞭长的蛇在……在树枝上缠绕两圈后下垂着……我……怕那家伙不……老实,我拿棍儿捅它,它……浑身很软,一动不……动……"二黑子听后高兴地说:"三娃儿和蛇肯定是被那美丽善良的女河神给放在树上的,蛇没有三娃儿命好,蛇的小命儿没了,而三娃儿大难不死,必有后福,说不定会像电影《天仙配》里演的那样,放羊娃遇到天仙女,到时给老太太生个大胖孙子……"

三娃儿的母亲听了,乐得眉开眼笑。

此文章起草于2013年6月8日,刊登于2020年《橄榄绿》文学杂志第三期。

老唐

20世纪70年代中期，村里来了位既熟悉又陌生的人。说他熟悉，在田间、学校和卫生站等到处可以看到他的身影；说他陌生，谁也不知他从哪里来，是来干什么的。他身材魁梧，讲话声音洪亮，他姓唐，人们称呼他老唐。听说老唐毕业于燕京大学，扛过枪，渡过江。他虽然总爱讲大道理，可每次在社员大会结束时，人们还总喜欢让他讲讲。当听会的人打瞌睡时，他就教大家唱："社员都是向阳花……"他唱歌虽然有些跑调，但声音很有穿透力。

生产队没有招待所，老唐住在简陋的生产队房子里。为了不让老唐受冻，大队书记把自己家的被子拿去给老唐盖，而大队书记的媳妇带着五个孩子都挤在一床被子里。大队书记自己钻在一条毛口袋里，用他的话说就是毛口袋真好，不仅能装粮食，还能当被子盖，无论怎么翻身都不会滚到外面去。可是一天早晨，口袋被他顽皮的儿子三娃儿给用绳子扎上了，天亮后大队书记要下地干活，扎在口袋里的他怎么也出不去，他着急得在口袋里使劲儿大声喊叫……三娃儿妈妈听到喊声后把被装的丈夫解救出来，多亏口袋有几处破洞，否则他就被闷死了。解救出来后的大队书记把三娃儿狠揍了一顿。老唐知道此事后对大队书记说："你家里人多，把被子抱回去！我有大棉袄，白天可以穿，晚上可以盖，一点也不冷。"大队书记正要解释什么，老唐两眼一瞪，大队书记只好服从。

  生产队里没有锅灶，老唐一日三餐吃的是派饭，也就是挨家挨户吃大队书记给安排好的饭。大队书记一说名字，老唐就知道是谁家，到饭点不用叫，老唐总是那么守时，饭后老唐还要按照规定交伙食费。一次老唐转到我们家了，母亲从邻居大婶家借了一碗白面。母亲边和面边："老唐是城里人，他喝不惯咱家的玉米糊糊，我给他做一碗手擀葱花面，你们这些小馋猫到时可不能到处乱瞅！"我们兄妹听后异口同声地说："好的！"

  老唐来了，家里和往常一样，全家人加之老唐共八人，在炕上以那一碟儿小咸菜为中心围个圆圈开始吃饭。平时我们兄妹喝玉米糊糊的声音就大，再加上那碗香喷喷的手擀葱花面吸引，喝玉米糊糊的声音就更大了。呼噜噜——呼噜噜——此时老唐看在眼里，明白在心里。他对母亲说："我不喜欢吃面，我喜欢喝玉米糊糊，麻烦你帮我也盛一碗玉米糊糊。"母亲看着老唐先是一愣，然后心想："老唐是客人，人家提出要喝玉米糊糊，咱不能不给呀。"于是给老唐盛了一碗玉米糊糊，老唐接过玉米糊糊，呼噜噜地喝了起来，不一会儿就把一碗玉米糊糊喝完了，接着对母亲说："好喝，再给我来一碗。"正当母亲转身盛玉米糊糊时，老唐对我们兄妹说："来来来，孩子们别光顾着喝玉米糊糊，吃点儿面条！"说着一筷子一筷子地把那一碗葱花面分别送到我们兄妹碗中。我们想面条既然是老唐给的，还客气什么，吃呗。呼噜呼噜几下，把老唐给的面条吃完了。此时年龄最小的弟弟吃着香喷喷的葱花面说实话了："老唐，好人，欢迎您常来俺们家，您一来俺们就能吃上面条了！"听后，老唐抚摸着弟弟的脑袋，开怀大笑起来，在旁边的父亲母亲也陪着老唐笑了。老唐说："目前孩子们正是长身体长知识的关键时期，可不能让孩子们挨饿，我们不仅要让孩子们吃上面条，将来还要让孩子们吃上肉。"

要过年了，今年果然家里有肉了，此时老唐却没有回家，而是穿着他那件大棉袄东家走西家看。邻居大婶问："老唐，要过年了，您怎么不回家，家里人不想您吗？"老唐笑笑说："这里就是我的家，你们就是我的亲人。"

夜深人静了，老唐在油灯下写着什么。三小儿判断说："听说以前有位女作家丁玲在咱们东边的村里住着，写了一本《太阳照在桑干河上》的小说获奖了，说不定他也是作家，也是来这里写小说打算获奖的。"二黑子说："不对，他看起来更像生产队长，咱们这里现在不是没有选出生产队长嘛，弄不好他是上边派来当队长的。"赤脚医生二婶说："你们说得不对，他对急救、诊断和用药都很专业，好像是上边派来当卫生站长的。"代课教书的二丫说："他对教育也很懂，那天他到学校问我目前都开什么课，有多少孩子上学，学校有多少教师等。"

春风送暖，小草返青。一天，村口来了辆绿色吉普车，人们说此车是来接老唐的，老唐要走了。不一会儿人们把老唐团团围住。大毛子说："老唐，您瘦啦，可要保重身体啊！"二柱子说："老唐，我们不愿意让您走，我们喜欢听您讲大道理，喜欢您教我们唱'社员都是向阳花……'"负责果园看管的社员胡小平抹着眼泪说："老唐，您和我们一起种植的果树很快就要开花了，您怎么说走就走。"八十八岁的孤寡老太太边向前挤边着急地说："吃——了——你给的药，我的腰腿毛病好多了，怎——么，这么快你要走——啦？"老唐上前握着老人的手说："是的，老人家，我还有其他事情去做，我会回来看望您和社员们的，您老人家年纪大，腰腿不好，晚上多盖点，别受凉。"老太太泪流满面地说："哎！好的，老——唐，你——是——大好人，我们都不——愿意让你——走。"站在人群中的老唐向大家边招手边说："谢谢乡亲们！你们的生活很艰苦，我要把这里的情况向组织汇报，组织会帮大家解决困难的，等有空时我再来看望乡亲们！"

二小子问："老唐到底是什么人，他怎么要向组织汇报我们？"望着远去的吉普车，大队书记倒出了实情："老唐，近期不会来了，他很忙，他是省委专门负责农村工作的副省长，是来这里搞调研的。"

听后，二小子惊讶地说："老唐原来是省里的领导，那可是大官啊！"

2015年6月10日

记忆中的家乡年

早晨出门，微微寒风吹在脸上，在寒风中，忽然想起家乡人过年的情景。

在家乡，每到腊月初八，人们就开始忙活起来了，这天母亲无论多么忙，都要给我们做腊八粥，再熬上一锅肉菜，这标志着新年要来到了，也就是从这天起，家家户户开始做粉条、杀鸡、宰羊等。

说起做粉条，母亲在我们那里可是远近闻名的粉条大师，人们都邀请她去指导，我和弟弟总是跟在后面帮忙。有人说小孩子嘴馋，我可不这样认为，我们去不光玩，还能帮大人们干活儿。做粉条时，母亲一边和面，一边指挥："火大点，再加水……"粉条机在我们那里称呼饸饹床子，整个机体由两根大木头组成，利用杠杆原理，在大木头中间有些铁皮做成的漏孔，人们把和好的土豆粉面放在中间的木洞里，大棍子一压，"咯吱"一响，粉条就成形了。我在上面压，弟弟在下面用盆儿接，这对我和弟弟来说真是太好玩了，大人们夸我俩能干时，更是让我俩心里美滋滋的。

腊月二十三是小年儿，这天人们都要打扫屋子，母亲一大早起床，换窗纸，贴窗花，把小屋收拾得干干净净。从这天起，家家户户，老老少少都要换上新衣服，成年男人和小男孩儿要穿蓝色的衣服；中年妇女、少女和小女孩儿要穿红色的衣服；六十岁以上的老奶奶老爷爷穿紫色的衣服。那个年代，如果家里有当兵的，能弄一件绿色上衣穿，那可是高档衣服了。记得换上新衣服的那天，我高兴地到邻居大婶家显摆。一进门儿"刺啦"一声，当我低头看时，发现她们家门上有块铁皮翘起来，把我的新裤子剐了个大口子，大婶给我从里面缝上了，忙着过年的母亲当时没有发现，直到年后给我换洗衣服时，才发现左裤腿膝盖部位是缝过的。

更有意思的是腊月二十六和二十七，这两天要贴春联，那时候没有现成的，家家户户都要自己动手写，如果家里崇尚做生意，就写："生意兴隆通四海，财源茂盛达三江。"崇尚民间乐器，就写："易易易金木水火土，乐乐乐宫商角徵羽。"我和弟弟这两天都要忙着挨家挨户去品读那些原创春联。当然也有不贴春联的，如果某家当年有尊亲去世，三年之内不贴春联，以此表示对尊亲的哀思，当地人称此为"守孝"，孝期第一年不贴春联，第二年贴绿色的，第三年贴黄色的，三年守孝期过后，才可贴红色的。在旧社会，有富户家丁春节前上门要账，如果发现欠账户主已经贴好春联了，就不再敲门进入，只能等春节过后再去讨债。有个别淘气的小孩子年还没过完，就把别人家的春联点火烧着玩了，被烧的家庭虽然有些生气，但大过年的，也都以宽容的态度换上新的。

记得有位写春联的老人十分神秘，据说他是新保安战役国民党部队中的连长，被俘后在我们那里接受劳动改造。他住在生产队马圈边上的小屋里，当时我和小伙伴去看他写春联，他虽然不说话，但写起字来却神采飞扬。他右手写右联，左手写左联，用嘴叼着笔写横批，写好后手一挥，意思是拿走。在我七岁那年，他离开了人世。因为他是外地口音，着急时才说几句话，当地人也听不懂，所以至今谁也不知他姓啥名谁。

最有意思的是三十儿晚上，这天家家户户挂红灯，鞭炮声接二连三，大年夜，母亲忙着炖肉，小孩儿都去街上玩，有的举着小灯笼，有的拿着鞭炮在街上放。每个小灯笼里有根儿小小的红蜡烛，一阵风吹来，纸糊的小灯笼烧得虽然只剩下半个,但是也玩得很开心。

大年初一,家家户户要吃饺子,这天更有意思的是要去给长辈拜年,无论家富还是家贫,都讲究个老礼儿。这天上午长辈等着晚辈去敬拜,堂屋门口有块草垫子,长辈坐在堂屋正中央,晚辈进屋后向长辈连叩三个头后才能起身,随后长辈给敬拜的晚辈发个红包。这天如果在街上遇到年长的,年幼的千万要跪在路边,不要抬头,等到长者从自己身边走过后再站起来走路,否则长者会责怪晚辈不懂礼儿。

大年初二,要去祭祖,家乡人的祖先观念很强,这天满山遍野都是祭祖的人,祭祖时要放鞭炮,意思是让祖先和我们一起过年。祭祖回来,要迎喜神。喜神在哪个方向,得去问问村里的智慧老人,然后人们把牛、马、骡子和驴子等牵出来,敲锣打鼓,放鞭炮,话说来也怪,在鞭炮和锣鼓声中,那些家畜都往同一方向跑,并且是按照智慧老人指定的喜神方向奔跑,这种事情没法用科学的道理去解释,也许是种巧合吧。

大年初五,人们要送五穷土,因为从年三十儿晚上,家家户户都不扫地,一直坚持到初五早上,人们把家里的尘土扫起来,送出去,然后放阵儿鞭炮。

初六这天,人们开始出门儿了,这天出门儿人们认为会六六大顺,这天新媳妇回娘家的,外出务工的,外出请客的,去未婚妻家拜年的等都要外出,这天出门时人们要放一阵儿鞭炮,然后就红红火火地上路了。

在家乡过年,最热闹的还要数正月十五晚上。当夜幕降临,人们敲锣打鼓,穿上戏曲服装,扮成古代宫女和将军,挨家挨户去拜年。那天晚上人们把院子打扫干净,把红灯笼高高挂起来,等着拜年队伍的到来。拜完年后,人们来到广场上,场地中央早就准备好一堆柴火,把柴火点燃后,人们敲着锣打着鼓,围着火堆大家唱啊跳啊,还有人现场即兴赋诗朗诵:"正月十五月儿圆,"大伙儿跟着应和:"啊!月儿圆。""家家户户笑开颜,"大伙儿:"啊!笑开颜!""来年一定收成好,"大伙儿:"啊!收成好。""和和美美大团圆,"大伙儿:"啊!大团圆。"锣鼓鞭炮齐鸣一阵后，下一个又开始即兴赋诗朗诵，大家围着火堆，一直庆贺到深夜。

正月十五过后，人们开始唱戏了，自编自演的地方戏，上午一场，晚上一场，风雪不误，一直唱到二月二。

二月二，龙抬头，标志春节假期全部结束，这天人们理理发，洗洗澡，把过年的新衣服换下来，开始下地干农活。

不知道曾经，曾经过了多少年，长大后就有了年的概念，爷爷的酒壶里啊，盛满着年的喜悦，爸爸的目光里，诉说着年的变迁，年啊年，中国的年，年年穿新衣，年年庆团圆！

此文章起草于2016年1月3日，发表于2017年12月23日《劳动午报》美文副刊栏目。

那个绕麻绳的年代

每次到北京朝阳区文化馆看到那些古老的物件,总会令人浮想联翩,使人久久不愿意离去,这让我想起了老家墙角那架陈旧的麻绳车。

在那个汽车还不普及的年代,麻绳用处很广,消耗量也大。父亲是那个时代有名的麻绳匠,那时候虽然种麻的人多,会制作麻绳儿的人可是千里挑一。也许是我们兄妹多,父亲为了养家糊口才学了那卖苦力的手艺。在我童年的记忆里,我们家炕上经常放着两辆麻绳儿车,在睡梦里,我经常听到父母没早没晚地摇车绕绳儿,那哗啦啦转动的声音仿佛是一首永远唱不完的歌。

第一套工序在室内将麻绳绕成像筷子一样粗细的绳胚,第二套工序必须在室外进行,也就是把室内绕好的麻绳胚拿到室外去加工成多股合成的绳子。在室外进行第二套工序时,两辆车对着摆放,中间保持百米距离,两辆车上的轴承向着相反的方向转动,加工起来很费力气,因为一车至少需三个人联手合作才能转得动麻绳车的轴承,所以在室外绕绳儿时哥哥、姐姐、我和弟弟都得一起帮忙。父母打结系扣的手上功夫十分厉害,捆绑起东西来又快又结实,如今我们兄弟身体好、力气大,估计和童年时期绕麻绳儿有关。我在部队当兵时,每到紧急集合,打背包的速度总要比其他战友快,即便在夜间紧急集合,打背包的速度也是名列前茅,领导和战友们不知什么原因,但是我自己知道是童年时期跟着父母绕麻绳练就的手上功夫。童年时放学回家,大老远就看到那摆放好的麻绳车,父母早在那里等着我们帮忙。室外绕绳为预防细绳儿打结,中间有根木杆穿了六个梭子,梭子的多少由所绕绳儿的根数决定,常用的是一次绕六根,最粗的绳一次只能绕一根,如果太多麻绳车的轴承转不动,甚至会把车子拉坏。梭子和中间的小车把细绳儿分开,小车被反向力推着向前走,小车走到头,绳子也就绕成了。绕好的绳子可以拴牛、拴马、拉车和捆绑各种东西,甚至还可以用来背东西。那个时代自家纳鞋底儿也需要绳子,可那些麻绳儿细,不用绕绳车加工,自家用个小梭子,当地人称"拔掉",把麻吊在房屋顶上用小梭子拧成细绳儿就可以了。

  那个时代,每年秋收后,父母都要外出绕绳。他们要到很远的地方去,春节前夕才回来。父母回来时不仅带回新鞋、新帽、新衣服和过年小孩子爱玩的红灯笼和红蜡烛,还会带回许多有趣的故事。在深夜的油灯下,父亲给我们绘声绘色地讲述:"一个字,读九个音,有十八种含义……"我们经常听得忘记入睡。一年深秋,父母又背着麻绳车出发了,那年弟弟还不到三岁,离开娘的孩子实在可怜,一天,他饿得厉害,奶奶给了他一个大月饼,他不一会儿就把月饼吃光了,可到深夜,半生不熟的冷月饼消化不了,他肚子痛得在炕上直打滚儿,从那以后弟弟一直脾胃虚弱,直到上大学时还是黑瘦黑瘦的。也就是那年深秋,父母刚走不几天的一个早晨,十二岁的姐姐给哥哥、弟弟和我做饭吃,灶台里的火不慎冒了出来,火苗越烧越高,姐姐害怕得躲在墙角不敢出声,哥哥在熟睡中感觉情况不好,醒来时发现屋里火光熊熊快要烧到屋顶了,哥哥赶紧喊:"着——火——啦!"听到喊声的奶奶跑进屋快速把水缸推倒才把大火扑灭。也就是那年深秋,做饭技术还不熟练的姐姐做菜时不慎将热油溅到手上,把手烫得起了许多血泡。

说起那个绕麻绳儿时代,更离不开农民的辛勤劳动。北方麻成熟期是在秋季,青色的麻有两米多高,砍伐后要修个大水坑,让麻在水里泡三天,然后捞出来在秋天的烈日下晒干存放,直到冬季农闲时节,农民们再把那些存放的麻拿出来从麻秆儿上抠剥下来,有的年轻人手嫩,抠剥得手直冒血。在那个麻绳儿时代,冬季深夜,几乎家家户户都在剥麻。那时候商店里收购麻,约八毛钱一斤。麻绳在使用中也时常会断裂,小时候我多次看到车陷泥潭时,赶车师傅的鞭子空中一甩,"啪"一声响,然后放开嗓子吆喝:"噢噢——"拉车的马猛一使劲儿,绳子在"噼啪"的响声中断了。有时拉车的马用力过猛,绳子断裂时马一头就栽倒在地上,重重的车辕压得马都站不起来。那时小孩子们都喜欢收集那些不能再加工使用的旧绳子,那些绳子拿到商店里可以卖钱买糖,商店收购后也有用处,听说用旧麻绳可以做造纸的原料。在那个麻绳时代有件可怕的事情,至今难忘:一户人家雇了辆大拖拉机搬家,家具满满装了一车,用绳子捆绑好。那时车少,交通不方便,外出的人们都往那辆装满家具的拖拉机上挤,开拖拉机的人不好意思拒绝,结果拖拉机拉着家具和乘客爬陡坡时,由于拉的人和货物过重,再加上车爬陡坡时货物和人的受力方向发生变化,捆绑家具的麻绳忽然断裂,家具和人滚了满山坡,好多乘车的人住进了医院,有的人甚至终身残疾。为此父亲每次带着我们绕绳时都要严肃强调:"作为麻绳制作的手艺人,一定要对自己的产品质量负责,不能偷工减料,更不能图省力气!"

如今汽车普及了,人们很少用骡、马、牛和驴拉车了,麻绳用得少了,人们也很少种麻、剥麻和绕麻绳了。看着公路上来来往往的汽车,我总会想起那个绕麻绳儿的时代,我打算把老家那几辆麻绳车搬运过来,让它陈列在北京朝阳区文化馆,让后人记住那个绕麻绳儿的时代。

此文章发表于 2017 年 11 月 23 日《中国文化报》美文副刊栏目。

月圆之夜

明月被东方的高山举起,桑干河像一条银色的玉带缠绕在大山脚下……在喧嚣的城市住久了,才充分感受到山村之夜的安静。这里的夜晚没有汽车的吵闹,也没有霾尘,只有宁静的夜空和明亮的星星。小草睡了,小鸟睡了,远处的群山也睡了,河水悄悄地流淌,多么安静的夜啊!

村子西边有座山,当地人称胡草山,是因为草过多而得名吗?至今也没有谁知道,但是我记得山顶上有棵杏树,树下有我们家两亩地,那年是实行土地生产责任制的第一年,我们家地里种的是谷子,那年山顶上的土地焕发了前所未有的激情,谷子大丰收了。往年都是谷秆儿和穗子一起背下山,而今年我们家只要谷穗儿。过多的谷穗儿让人感到力气有限,当谷穗儿超过自己的体重时,人是背不动的,背着沉重的谷穗儿下山,哪有那么容易!

谷子丰收,人着急,小鸟、野兔和小松鼠更着急,父母带着我们往口袋里装,小松鼠在田边地头往自己洞里拖,我们忙,它们比我们更忙;还有头顶飞来飞去的那几只布谷鸟,不停地叫:"谷谷呦——"它们好像在说:"现在谷子有,过了今晚谷子就没有了。"

明月升得好高，布谷鸟还在不停地叫。父亲、母亲、姐姐、哥哥都背着谷穗儿下山了，只有我落在了最后。谷穗儿死死地压在我的背上，汗水顺着鼻尖往下流，双脚在下山的石头台阶上颤颤悠悠缓慢地挪动着。我想把背上的谷穗儿解下来，放在那里一半，等明天再来取，可一想到那些馋嘴的小松鼠，谷子哪能在山坡上放一夜。

好容易下山了，山脚下是一片平缓的土地，那里是村里过世老人的安息之地，有的坟墓被雨水冲开了，棺材外露着，在月光下，有种无法用语言表达的恐怖。轻柔的夜风吹来，远处的鬼火着了，此时忽然看见前面有个人影儿，我正想该怎么办时，忽然传来哥哥的声音："弟弟，这边来，是我在这里等你。"听到熟悉的声音我格外高兴，赶紧背着谷穗跑过去。

要路过最恐怖的地方了，哥哥风趣地说："太……奶奶，您老人家可好，我和弟弟借个道儿，您老人家好好休息啊！您……您可千万别吓唬我们，我们害……怕。"刚说完，忽然蹿出一只野兔，把我们吓了一跳，也许是我们也把那只野兔吓了一跳，野兔乘着月光飞快逃走了。

那天是八月十六的夜晚，明月当空，我俩走，仿佛月亮在陪着我们一起走，在安静的月夜里，只有那沙沙的脚步声。

当一个人饥饿的时候望月亮，月亮像一个烧饼；当一个人口渴的时候望月亮，月亮像一碗清水；当一个人想家的时候望月亮，月亮像亲人的笑脸……其实啊！月亮本身没有改变，而是望月人的心在变，至今家乡的明月仍然深深地印在我的心中。

2016 年 9 月 15 日于中秋之夜

灰馒头

一天三顿玉米粥和玉米窝窝，大人小孩儿都吃腻了。一次，南场播放《牛郎织女》电影，影片中牛郎的嫂嫂吃馒头的那一幕令在场的大人小孩儿口水直流。

第二年春天，地里长了像韭菜一样的青苗。我问队长大叔："那是什么苗？"队长大叔眉开眼笑地说："那是返青的冬小麦，今年夏天后咱们就能吃到馒头啦！"

夏天到了，金黄色的麦浪在阳光下熠熠生辉。可天公不作美，眼看麦子就要收割了，就在这时，一连下了三天大雨，麦粒在秧上还没来得及脱下来就被雨水泡得长芽了。为此大婶含着眼泪说："本打算过年给孩子们捏个面人儿，这下可好，麦粒儿全长芽了。"就在这大人小孩儿悲痛的日子里，小学的语文书里偏偏有那么一课《第一场雪》其中"今冬麦盖三层被，来年枕着馒头睡……"念到那里，老师羡慕地说："看看人家，咱们什么时候能吃到馒头啊！"新的一年到来，这年又是麦浪滚滚，一眼望不到边的麦田在阳光下泛着诱人的光芒。队长大叔说："关键时刻要到了，这两天一定要注意天气啊！"还别说，当人们准备收割时，天空忽然乌云密布、雷声滚滚,天阴得越来越黑,大人们急得像无头苍蝇一样。此时,队长大叔在喇叭里喊:"社员同志们,快!雷声就是大雨的信号,快!"那时候农村只有春播和秋收假,正值下午两点,学生们正要上第一节课,听到喊声,老师快步走进教室,急匆匆地说:"同学们,快点拿书包,要下雨了,麦子又要泡水啦,快到地里,用书包能装多少就装多少!"听后,男生女生个个手脚麻利,田地里忙作一团。大队书记说:"雨要来了,往哪儿放,不能再往粮食场上堆放了,否则又要长芽!"在紧急时刻,看着老师和学生们急得像热锅上的蚂蚁一样,不知谁急中生智说了句:"学校的教室!"此时大队书记说:"好主意,快!"大人小孩儿背着、扛着、挑着、抱着、学生们用书包装着,大家快速向学校跑,不一会教室就被塞得满满的。

王老师问:"学生们的书桌呢?"

队长大叔说:"都推到教室最后一排,垛起来了。"

王老师说:"书桌柜堂里还有学生的书本呢!"

队长大叔说:"先给孩子们放几天假,等把麦粒分到户,咱们就开学,开学后再让孩子们找自己的书本。"

王老师说:"只能如此啦!"

雨季和去年一样,又连着下了三天,可今年不一样的是老师学生齐上阵,教室变成了临时粮仓。

要脱麦粒了,大人们白天在地里劳动,天黑后在学校操场上点灯夜战,脱麦机隆隆地响着,晚上十点多了,孩子们也不去睡觉,他们仿佛在等着吃馒头似的。就在这时,机器忽然怪叫起来,小孩子被震得赶紧捂住耳朵。第二天我才知道,昨夜那响声是父亲弄的,父亲当时打瞌睡,他用棍子往机器里捅麦秧时,不小心捅得过深,机器咬住了棍子,把棍子咬得乱七八糟,多危险呀,差一点儿手和胳膊就没有了。

那年春节,母亲给我们兄弟蒸了几个暗灰色的小馒头,弟弟问:"怎么和电影上的馒头不一样?"母亲说:"今年的麦粒虽然没长芽,但是由于气候潮湿，麦粒在教室里有点发霉，不容易呀，凑合着吃吧！"。

常言道："一方水土，养一方人。"我们那里是北方气候，麦子成熟期正是雨季，那里只适合产土豆、玉米、莜麦、黄豆、黍子、谷子和高粱。专家研究过，那里产的小麦看着颗粒饱满，但是面粉不白，所以蒸不出白馒头。事后人们才知道，暗灰色的馒头，不是麦粒发霉，而是土壤的原因。

如今交通便利了，那里的人们虽然不种小麦，但是也能吃到雪白的馒头了。

2015年6月10日

山顶上的杏树

实行土地生产责任制那年,胡草山上有我们家两亩地,地的中央有棵高大的杏树。虽然是独树一棵,但它总是在春天绽放白嫩的花,招引忙碌的小蜜蜂。

夏天,父亲母亲和哥哥在树下锄地,绿油油的谷秧望不到头。熟透的杏子大大的,圆圆的,黄黄的,"扑腾扑腾"地往下掉。家乡人有个习惯:"瓜田不纳履,李下不正冠。"意思是怕主人发生误会。山上锄地的人不少,他们对自己要求十分严格,没有其他人靠近我们家地里的杏树,其实我们也明白,虽然杏树在我们家地里,我们只有管理权,但是不会独自享用那丰收的果实,更不会摘下杏子去卖。那时我和弟弟用篮子把杏子捡起来,分发给所有在山顶上干活的人们,让大家共享熟杏的美味。人们吃着甘甜的杏子,有说有笑,那场景是多么美丽;还有那些可爱的小鸟和小松鼠也在树上树下分享着,特别是那些馋嘴的小松鼠,它们把杏核咬开,把杏仁也吃了,看着它们吃得香,我和弟弟也用石头撬开杏核,品尝杏仁的味道,听老人们说:"杏仁有润肺止咳的作用。"

秋天,山顶上的谷秧和小草变得枯黄,只有那杏树叶子仍然保持着绿色，一阵秋风吹过，杏树叶子发出"沙沙"的响声。那些小松鼠在杏树枝干上窜来窜去，它们玩得是那样开心。

冬天，我和哥哥上山往地里送肥料，那杏树在地里挺立着，寒风吹过，发出"嗖嗖"响的声音，那强劲的枝干孕育着春天的生机。

十八岁那年，我当兵离开家乡，二十年后我回老家，也就是那年冬天，我再次登上阔别二十多年的胡草山，那时候家乡的年轻人多数到外地打工去了，山顶上的田地已经多年没有人耕种，山上的梯田堤坝坍塌得不成样子，地里的荒草一人多高，寒风吹来，荒草发出凄惨的声音。快乐的小松鼠不见了，美丽的小鸟不知飞到哪里去了，只有成群的乌鸦在天空盘旋，时不时发出几声"呱呱"的叫声。当年的杏树呢，我赶紧走近看看，发现杏树那干枯的身躯已经躺在了地上，我呆呆地站在那里，心中无限惆怅……

从那以后，家乡的后人再也没见过那棵高大的杏树，它在寂静的山顶上消失了。

2012年1月23日（大年初一）下午，我登上家乡的胡草山，夜间起草此文章于西坪村。

家乡通电

家乡通电是1978年夏天的事情,也就是那一年,虽然家乡人高兴地用上了电灯,为"千年油灯时代"画上了句号,但是那个科技突变的时代,至今仍然留在我的记忆中。

那天在昏暗的油灯下,母亲把姐姐穿过的单袄为我改成了书包,我背着书包高高兴兴地走进学校。课堂上老师领着我们朗读:"电灯、电话、电视机、电的用处大……"看着书上那奇妙的图画,我的心里不由得产生了:"什么是电灯?"我举手问老师,老师讲了好长时间我也听不大懂,老师接着讲:"只要你们好好学习,以后会明白的。"

约半年后,一次放学回家,我看到村里的大人们在挖坑栽水泥杆,我过去问:"栽杆干什么?"一位长辈高兴地告诉我:"家家户户要用电灯啦!"

"电灯?"

"是的!"

"什么是电?"

"哎!你这孩子,怎么问个没完没了,这么难的问题,你问我,我问谁？"说完，他气呼呼地扛起铁锨走了。

没过多久，我放学回家，看到漆黑的屋顶上多了一根花白的线绳，那线绳在屋顶的细铁丝钩上缠几圈后垂吊下了一个圆圆的，像"小葫芦"一样的玻璃亮体。

那是什么？再看那顺着墙壁垂吊下来的小细绳（开关的闸盒线），我好奇地拽了一下，忽然惊讶："啊呀！什么东西，这么亮？"看着整个屋子都被照得发白，我忽然想起老师课堂上曾讲过的电灯，心想："难道这就是电灯吗？"当时我对着那发光的地方使劲地吹了又吹，只见下垂的小亮体，在屋顶的线绳上摇来晃去，灯光就是不熄灭。从那以后，电灯每天晚上发光。回想几日前那盏小小的煤油灯，我曾经害怕地望着那豆大的灯光，不敢往黑暗的墙角看，如今不同了，屋子里一亮，那些可怕的黑影全不见了。

可什么是电呢？它是什么形状，什么颜色，又是什么味道呢？一个炎热的夏夜，家里人都在院子里乘凉，我带着"什么是电"的问题，把四个木头小板凳摞起来，借着邻居院里的灯光，小心翼翼地踩着上去，把没有亮的"小葫芦"抓在手里，左看右看，也没看出什么名堂，顺着"小葫芦"拧了几下，忽然感觉有点动静，再拧几下，噢！"小葫芦"和"黑套子"分家了，我喜出望外地想："如果没猜错，电就在这里。"此时我也斜着眼，看到里边有一条金黄色的小铜片，自己纳闷："难道这就是电吗？不可能，先摸摸。"我用食指向小铜片摸去，只觉得顺着食指传来了一种从没有过的感觉，"嗖"的一下蹿遍了全身，脚下一颠，顿时踩在脚下的四个小板凳乱了套，"啪"的一声，一个跟头翻在地上，此时院子里乘凉的大人们，听到屋里的响声，不知发生了什么，母亲赶紧跑进屋里……

若干年后听姐姐说："当时母亲抱着我，一边摇，一边拽耳朵，不停地喊："醒醒，醒醒……"过了好大一阵子，我才缓缓地睁开眼睛。此时，村里的电工闻讯赶来，赤脚农医也被急着奔跑的哥哥拽到了家里，电工惊叹道："天呢！这孩子自己在玩儿电，多亏有这几个小木头板凳，否则就没命啦！"

在家乡用电初期，小伙伴爬电杆去抓鸟时被电击伤，还有的小伙伴见到电线被风吹在地上，好奇地往电线上撒尿，当场被电击倒……

电啊！离不开，也惹不起啊！

2013 年 3 月 2 日

那年家乡乐正浓

那年，我上山拔兔草，经常看到戴着眼镜儿的陌生人在山坡上架着仪器测量着什么，他们中间有位阿姨，三十五、六岁的样子。哥哥说："她是地质学博士。"我问哥哥："什么是博士？"哥哥眉飞色舞地为我讲述："博士是咱们国家最有学问的人，读过小学、初中、高中、大学本科、研究生，然后才能考取博士学位……"听后我惊讶："天呀！我小学，她博士，她学问好高啊！"哥哥指着蓝天上的白云，接着对我讲："对，跟天上的云彩一样高……"几天后我和哥哥再次上山，看到博士坐在山坡的石头上用口琴吹奏："月光啊下面的凤尾竹哟……"她吹奏的声音简直是太美了，于是我更加崇拜："博士真了不起，她竟然还会吹奏乐器。"

测量队走了，他们收获了什么，我无从知道。两个月后，来了好多工人，他们在山脚下盖房子，修公路，打水井。家乡要修铁路了，安静的小山村顿时变得热闹起来。

修路队伍中有位工人名叫刘永和，每当夕阳西下时，他总在河边拉小提琴，美丽的夕阳和他拉琴的姿势构成一幅优美的画卷，每次放学我总到河边听他拉琴。一次，他问我好听吗？我说："太好听了。"于是他给我讲起了小提琴名曲《化蝶》的故事："东晋时期，浙江省上虞县（现为上虞区）祝家庄有个祝员外之女名叫祝英台，她美丽聪颖……"几天后他把自己的《中国音乐基础知识》书借给我看。十八岁那年我当兵离开家乡，从那以后我们失去了联系，至今他的书还在我手里，已经保存了近三十年，书角虽然被老鼠啃过，但保留着那本陈旧的书也等于是留着老朋友的一份儿感情。他讲话带着浓重的四川口音，在部队时，每当我听到那些四川兵在一起讲他们的家乡话，我就想起了他，想起了桑干河畔夕阳西下时他那优美的琴声随着河水缓缓流淌……

那时我不知为什么喜欢上了笛子，村里的老人说："连续三世投胎转人才能让木头歌唱。"当然那是迷信，我不相信。一有空我就拿着笛子吹，一天不吹就感觉出气儿不顺。无论是在山坡，还是在河边，都是我练习吹奏的场地，每次吹奏时，都有小鸟在我头顶鸣叫附和。一个纷纷飘雪的夜晚，我站在高坡上吹笛子，远处河对岸传来了歌声。我使劲吹，那个人使劲唱，雪越下越大，他的歌声越唱越有激情。我的笛膜被雪水打湿了，笛子已经发不出声音了，河对岸那个人还在唱："啊！故乡，生我养我的地方……"

第二年开春，我在果园里吹笛子，一曲结束，当我回头看时，发现身后站着一位大个子工人，他微笑着对我说："如果我没猜错那个雪夜里吹笛子的人就是你！"

"是的，那天晚上是您在河对岸唱歌吗？"

"是的，那天晚上听到你的笛声我想家了，所以在雪地里使劲儿唱……"

那年我十三岁，他二十八岁，从那以后我们成了好朋友，他名叫董素军，老家是东北的，他经常给我讲他的老家在长白山下，那里的人们喜欢唱二人转，说着他就唱了起来……

一次，我去他那里，他正抱着三弦边弹边唱："一呀更里呀啊……"一曲结束，我问："董大哥又想家了？"听到我说话的声音，他才从家乡的歌曲意境中出来："哎！小兄弟来啦，来来快坐，我给你整一段我们家乡歌曲《月牙五更》……"说着他又边弹边唱："一呀更里呀啊……"那时他在铁道部第十六局服务中心担任采购工作，经常来往县城，一次他带回来几个电子琴，当时那可是稀罕玩意儿，二百元我买了其中一个，拿回家边弹边唱，看热闹的村民把我围得喘不过气来。

那时歌曲传播的主要工具是高音喇叭，每天在上学的路上总能听到高音喇叭传来的歌声："沿着校园熟悉的小路……"听着歌声，看着那小路两旁正在成长的玉米秧和静静流淌的渠水，心里别有一番滋味儿。一年后高音喇叭播放的歌声少了，我忽然发现我们房屋后二婶家买了台双卡录音机，每晚定时播放《妈妈的吻》，每当录音机响起，我就趴在我们家墙头上，看着远处山顶上那两颗最亮的星星听着二婶家小窗户飘来的歌声："在那遥远的小山村……"越听越感觉录音机比高音喇叭好听。

一天傍晚，我路过铁道部第十六局总部大院，正赶上张明敏在电视里唱："长江，长城……"我赶紧放下肩上挑着的箩筐，站在总部门口入迷地看着听着。不久，父亲知道我喜欢看电视，就凑了三百八十元钱给我买了台电视，那时候虽然是黑白的，有时信号不好，上面经常出现爆米花，但电视里传递出的画面和歌声，至今仍然清晰地烙在我的心中。

铁道部第十六局四处卫生队里有位广西籍化验员，他名叫农志山，他经常用柳树和杏树叶子在果园里吹歌。一次我问他怎么吹，他细心地给我讲解："将树叶的侧边用左右手的大拇指和食指轻轻一拉，使叶子的侧边折回三分之一，然后将拿着树叶的双手顺着下嘴唇轻轻向上推移，当移动到与上嘴唇挨住时，轻轻吹气，使气流从折回来的树叶花纹边处通过，不可用力过猛，形成振动的效果后就响了，吹响后用气流改变声音的大小和高低即可，音是由物体振动产生的声波传到人们的听觉器官形成的一种感觉，振动得越好，声音就越美。"真不愧是搞化验专业的，他讲解得很细致，在他的细心指导下我很快学会了用树叶吹歌。和我一起看守果园的还有位美丽的姑娘，她和我是同一家族，她叫胡秀莲，她比我大四五岁，从辈分上说我称呼她姑姑，她喜欢唱歌，她的声音甜美、圆润、清脆、明亮，天生的好嗓子。我吹笛子，农志山吹树叶，她唱："野果香，山花俏……"长大后我当兵离开家乡，多年后回老家，听姐姐说，农志山和胡秀莲结婚了，他们一起去了广西。

初中二年级那年，学校新来了位英语教师，她站在讲台上大方地介绍自己，我叫："裴启华……"听到她的名字我大吃一惊："天呀！她的名字和我母亲的名字只是最后一个字不同。"放学回家后我问母亲，母亲说："那是我们家族中最小的妹妹，她从小在外地上学，很少有机会来咱们家。半月前，她去你们学校报到，路过时来咱们家，她看了你的照片，还问你叫什么名字……"

从那以后，姨姨周末经常到我们家，当她知道我喜欢吹笛子时，把自己读师范学校时的《师范音乐教材》送给我，并且边翻书边为我讲解："音乐是用有规律的声音来反映人们思想感情的艺术，目前记谱方法有两种，即线谱和简谱……"

大秦铁路竣工通车后，工人们走了，曾经喧闹的小山村恢复了往日的宁静。光阴似箭，日月如梭，一晃三十年过去了，当年修路的工人们如今多数年过花甲，那地质学女博士、刘永和、裴启华、董素军、农志山、胡秀莲，你们在哪里？桑干河畔永远留下你们的歌声、笑声和乐声。

2017年6月12日

师恩难忘

我从小在桑干河畔长大,上小学时学校的学习条件十分艰苦。在一座小山脚下,七八间小平房就是我们的学校。夏天,教室外下大雨,教室里下小雨,外面的雨停了,教室里还在滴水。冬天靠生炉子取暖,教室门窗多处漏风,微弱的炉火一点都不暖和,老师和同学们冻得鼻涕直流。

一年级后半学期,王老师生病不能给我们上课了,二年级开学时,学校来了一位梳着小辫儿,刚从师范学校毕业,二十多岁的女老师,她名叫范玉花。中午同学们放学回家了,范老师在小屋子里自己生火做饭。范老师从城里初次来乡下,不会用乡下的灶台做饭,弄得满屋子都是烟雾,呛得她不停地咳嗽,眼泪直流,可火就是点不着。我当时是班长,抱着全班的作业本去交作业时,看到老师站在灶台前被烟呛得流泪的一幕,我赶紧跑回家,拉着母亲的手往学校跑。到了学校,母亲三下两下就把火点着了,母亲说:"空心的火,实心的人,把柴火架空,火就着起来了……"范老师靠在墙角一边咳嗽一边说:"您说得太有道理了!"

从那以后,我不仅是班长,还是老师生活的小助手,和老师一起挑水、拾柴、做饭、周末还和老师一起到山上挖野菜等,经常在老师身边,和老师学到了许多知识。有一天,学校来了一位解放军叔叔,他身穿绿色军装,在红色领章和红帽徽的衬托下更显英姿飒爽。他是范老师的男朋友,至今我还清晰地记得他的名字:马玉成。范老师的男朋友是连长,刚从老山前线回来,他给我们讲战争故事,那激烈的战争场面深深地吸引着我和同学们。

有一天,他坐在我身边问:"你的字写得很好,长大了想干什么?"我一看机会来了,赶紧说:"我长大后想去您的部队当兵,您要我吗?"说完我站起身,把右手高高举起,我敬礼的手不听使唤地晃悠着。他笑着说:"你好好学习,长大后肯定能当个好战士!"四年级期末,我们喜爱的范老师调走了,她办理了随军手续,和丈夫一起去了云南部队。

十八岁那年,我真的当兵了,在从军路上先后担任战士、副班长、班长、排长、副指导员、指导员、机关干事等职,并且还到空军政治学院、解放军艺术学院和中国艺术研究学习。一年夏天,我回老家,看到我曾经上学的学校被拆了,往日的校园变成了一片玉米地。二十年军旅生涯,家乡的变化真是太大了。站在玉米地边上,我久久不愿意离去,那些上学的往事仿佛就在昨天,就在眼前。范老师、马连长、同学们,你们在哪里?我问大地,大地上整齐的玉米秧仿佛是同学们在向老师致以崇高的敬礼。我问群山,群山回荡着儿时的欢歌笑语。我问桑干河,桑干河仿佛唱着老师曾经教唱的歌曲:"我们是共产主义接班人,继承革命先辈的光荣传统……"

在人生成长的道路上,还有许多像范老师那样的好老师,他们如辛勤园丁,在润物细无声中塑造着我们的性格和未来。

师恩难忘,多少次梦到儿时熟悉的课堂,多少次回想老师带我们朗读《春姑娘》,多少次回想老师耐心讲解的道理,多少次回想老师给予我们赞许的目光……无论我们走到哪里,师恩永远铭记在心上。

此文章起草于 2018 年 9 月 3 日,发表于 2019 年 9 月 5 日《中国文化报》散文栏目,被《学习强国》栏目转载刊登。

像她那样做个好人

转眼已过而立之年，如今我和弟弟都是为人之父的人了，每当我看到弟弟那俊朗的身材和听到他女儿喊他爸爸时，我脑海里的往事和那位曾经帮助过我们的恩人就会无休止地拍打我记忆的闸门，儿童时期的难忘岁月会更加凸显。

我出生于桑干河畔的一个小山村，弟弟比我小两岁。那年弟弟刚满周岁，我和弟弟在炕上玩儿，我用筷子敲打米斗子（装粮食的器具，当地人称半升子），弟弟乐得小嘴儿合不拢，口水直流。在锅边儿忙着给猪熬食的母亲见我俩玩得开心，自然也是十分高兴。当猪食快要熬好时，母亲要去茅厕。母亲说："三儿啊，你陪弟弟玩会儿，娘去一下茅厕马上回来，千万不要让弟弟到锅边儿。""好的！"向来听话的我爽快地答应着。农村的茅厕一般位于院子的西南墙角处，这是当地风向决定的，人们称之为"风水学"，并且还得与厢房保持一定距离。当母亲离开一会儿时，我就有些着急，心想："怎么还不回来？"我继续敲打米斗子逗弟弟，可能是等待母亲的心情有些急切，我敲打米斗子发出来的声音有些急躁，弟弟对我的反复敲打渐渐不感兴趣了，凭我怎么敲他都不喜欢听了。他好像饿了，要到热锅里抓东西吃，他流着口水"啊啊"地叫着直往那热锅的方向爬，当时我使劲拉他不住。至今我还清晰地记得弟弟当时穿的是开裆裤，臀部大大的，圆圆的，靠近腰部有好多青色的胎记。多年后母亲回忆说："看着你们一个个圆圆的，胖胖的真开心，你们小的时候咱们家人多粮食少，经常是吃上顿没下顿，邻居总想以咱们家人多饭少为借口要一个男孩儿去做过门养子，我哪个也不舍得给出去。"弟弟这个小男子汉可真有劲儿，任凭我怎样使劲儿都拉不住他，他把我也带向热锅边儿上了。至今我仍然后悔，当时我拉不住他时应该大声喊叫，可当时在慌乱中我没想到这些，只是一心想着把弟弟拉住。忽然我手里拽着弟弟的裤子带脱扣了，弟弟爬进沸腾的大锅里了，当我看着弟弟在锅里乱滚乱爬和锅里不断冒着白气噗噗地乱响时，我被那从未见过的场景吓傻了，过了一会儿才愣过神儿来，赶快跑到玻璃窗边拼命大喊："娘——四小儿爬锅里啦……"几年后母亲回忆："那时实在憋不住了，要去茅厕，刚到茅厕就听到三小儿的喊叫，知道出事了，赶快往屋里跑……"几年后奶奶回忆："中午家里要来客人，那个年头没什么好吃的招待客人，买了块儿豆腐用水瓢端着，刚进院门儿就听到三小儿的喊声，赶紧把水瓢和豆腐扔掉，以最快的速度跑进屋子，把孩子从滚烫的锅里拉出来，顺手一把扯掉孩子的裤子，把孩子烫伤的双腿和双脚塞进咸菜大缸里……"奶奶是清朝末年出生的，她是个身材高大的缠足老太太，那时缠足妇女别说跑了，走路都难以站稳，真无法想象奶奶当时是怎样跑进屋子的，我估计那是奶奶一生中跑得最快的一次。更让我佩服的是奶奶没上过一天学，不认识几个字，在紧急情况下，我们家的水缸和咸菜缸紧挨着，奶奶以最快的速度准确地选择了咸菜缸。伤口撒盐，虽然疼痛难忍，但盐水有消肿化瘀的作用，假如奶奶把弟弟当时塞进的是水缸，弟弟的伤势和惨状将难以估量。

多年后哥哥和姐姐回忆：那天中午，他们放学回家，看着奄奄一息的弟弟浑身不成样子，母亲和奶奶六神无主，泪流满面，再加上弟弟那微弱的呻吟，哥哥和姐姐吓得面色苍白，他们不敢提饿的事儿，为了不让母亲和奶奶更加伤心,他们躲在门后偷偷地流泪……下午上课时间快到了,他们悄悄地上学去了。傍晚,父亲回到家,看看弟弟,再看看一贫如洗的家,他皱紧眉头果断地做出决定:"走吧,去县城医院,别耽误了孩子。"夜幕降临时,母亲和父亲抱着弟弟消失在茫茫夜色中。从我们家到县城有八十多里路,并且要经过好多高山沟壑。几年后,父亲母亲回忆:"那是用语言无法描述的夜晚,在漆黑的路上两人轮换抱孩子,我们托着疲惫的身子,一步一步地向县城的方向挪动,盼望着早点到医院,早点见到医生,在天蒙蒙亮时,我们赶到了县城医院,可万万没想到是,当时医生看过孩子的伤情后无奈地摇摇头说:'孩子太小,肌肤太嫩,烫成了这个样子,春夏之交天气也渐渐转热,无论用什么药都会感染,这个医院没法治,听说北京有个军队医院能治烫伤,但这么小的孩子,估计他们也没治过……'无奈中,我们只好离开县城医院。"

也许是弟弟命不该绝,当父亲母亲抱着弟弟打算继续求医问药,路过一个村庄时,对面走来一位老奶奶,她看到父亲母亲惆怅的脸,关心地问:"怎么啦?孩子病了吗?"母亲撩开包着弟弟的衣服让老奶奶看,老奶奶看后安慰道:"是比较严重,不要急,再急的事儿也得一步步来。走吧,前面不远就是我的家,先到家里歇歇再想办法。"无奈的父亲母亲只好跟着老奶奶走,到家后老奶奶不仅给他们土豆、咸菜和水等充饥解渴,并且还根据弟弟的伤情给了民间专治烫伤的土方,还有几包自己在深山中采制的草药。当离开那个村庄时,老奶奶看着父亲母亲疲惫的精神状态,还帮助抱着弟弟送了好远,并反复叮嘱:"千万要记住,用鸡蛋清搅拌草药,将白棉花蒸煮消毒后蘸着药水给孩子伤口上轻轻擦……"说来也神了,当父亲母亲遵照老奶奶的叮嘱给弟弟上药几次后,弟弟的伤势不仅没有感染,反而渐渐好了。大千世界,茫茫人海,在中国古老的大地上还是好人多啊!

多少年来,父亲母亲常常向我们讲述那位好心的老奶奶,我至今都想找到她,向她跪谢深恩。可斗转星移,事隔三十多年,如今母亲都已经去世六年了,弟弟也成孩子的父亲了,上哪里去找那位好心的老奶奶呢?当年的农家小院和破旧的小屋早就不存在了,老奶奶和小屋就像《西游记》里描述的那样,救人以后就消失了。

今天,我只好把到处寻找那位老奶奶的感激之情化作文字记录下来,今生我也要像那位好心的老奶奶那样,助人为乐。

2013年7月20日于北京

家乡的野蜂在飞舞

我的家乡位于河北、山西和内蒙古的交界处，每当春天，有许多大大小小的野蜂在花丛中飞来飞去。也许对家乡野蜂有感情，无论走到哪里，我最喜欢观察野蜂。

我在京郊顺义居住时，开春之际，一次开窗户，我看到狭窄的窗沿下有个小小的野蜂窝，这令我非常高兴，正好可以让孩子也看看。那时我们家宝宝刚两岁多，我经常抱着他说："走，爸爸带你去看野蜂！"小宝宝看后说："我抓它！"我说："哎！不能抓，野蜂生气会蛰人的。"可是到夏天了，蜂窝还是当初那么大，也许是窗沿狭窄，也许是筑巢的材料短缺，这到底是什么原因，我不知道，再仔细看发现蜂房里没有蜂宝宝。记得老家屋檐下的蜂窝每到夏季，蜂房里的蜂宝宝像虫子一样开始蠕动，它们白色的躯体，黑色的头部，蜂宝宝的个头儿天天在长高，蜂房也随着不断增大增厚，等蜂宝宝长出腿和翅膀后，它们从蜂房的洞穴里钻出来，在自家门口抖动翅膀，翅膀渐渐坚硬后，它们就跟着妈妈外出劳动。然而这里的蜂房里不仅没有蜂宝宝，蜂房的洞穴里全是灰尘，那一个个陈旧的蜂巢洞穴就像一间间破烂不堪的屋子，那站在蜂窝中间的蜂妈妈和蜂爸爸一动不动地看着我，好像很无奈的样子。这到底是什么原因？我百思不得其解，正在纳闷，忽然楼下公路驶来一辆大卡车"嗡"向猛兽一样吼叫，遇到隔离带"咣当"一声，然后灰尘向着我家窗户，向着蜂窝猛扑过来，我赶紧关上窗户。等灰尘散尽，我再回到窗户边上继续观察蜂窝，只见蜂窝上的灰尘更多了，蜂妈妈和蜂爸爸气得浑身颤抖，好像在说："还—我——家园！"深秋季节到了，一阵寒风吹来，蜂妈妈和蜂爸爸躺在我家窗沿上了，它们在无奈中死去了。那破旧的布满灰尘的蜂窝在寒风中摇摆着，又一阵寒风吹来，蜂妈妈、蜂爸爸和那破旧的蜂窝全不见了。

同样是野蜂，家乡的野蜂幸运多了。每到春季，桑干河畔的杏花、桃花、梨花，还有各种小草绽放的花朵，在阳光下散发着阵阵香气，召唤着野蜂们。那大大小小的野蜂，有的体形长长，有的体形圆圆，有名字的，没名字的……，它们在花丛中忙碌着。它们的家园有的筑在大石头下，有的筑在村民家的屋檐下，有的还筑在大树下……，它们自由自在，无拘无束。那里有青山，那里有绿水，那里没有大货车，那里的天空是干净的，空气是清新的，水是清澈的，野蜂的生活是幸福的。

小时候，父亲在果园里干活，我在树下玩，我看到一大串果树花中间有大大小小的野蜂，身上一道黄，一道黑，它们站在白色的果树花上不知忙碌着什么。父亲闲暇时总是和我逗趣："三儿啊，那野蜂是什么样的呀？"我每次都绘声绘色地描述："它们身上，一道黄，一道黑……"若干年后，我带着孩子回老家看野蜂，我也逗趣问孩子："野蜂是什么样的？"孩子看着花丛中的野蜂也形象地描述："它们身上，一道黄，一道黑……"

家乡的野蜂每年花开时节，它们在蓝天里歌唱，在花丛中飞舞。

2016 年 5 月 18 日

两代人的《花为媒》情怀

我生长在桑干河畔的一个小山村，小时候我们那里每周要在村子的广场上放一部电影，其中我印象最深的是评剧戏曲电影《花为媒》，影片中的人物和唱腔简直太吸引人了。

那时候，我正在上小学，放映后的第二天，学校课间休息期间，男同学们模仿影片中李月娥父亲的台词："我的树根儿不动，你的树梢白摇……"女同学们跟着逗趣模仿李月娥母亲的台词："我这把斧子专砍你的树根儿……"在放学回家的路上，我和同学们学唱李月娥父亲的唱段："早就应该走，还得等半天……"回家后，姐姐一边帮母亲干家务，一边模仿李月娥唱段"李月娥遮衫袖用目打量……"哥哥在边上用竹笛吹间奏。晚饭后，父亲用二胡伴奏，姐姐学唱《报花名》，"春季里风吹万物生……"一天，哥哥告诉我："今晚咱们邻村儿要放映评剧戏曲电影《花为媒》，我带你去看。"哥哥消息灵通，几乎每场都不错过，他带着我把这部电影重复看了六次，因此电影里的每个人物和唱段都深深地印在了我的心里。

长大后，我当兵考上解放军艺术学院，后来从部队转业到北京市朝阳区文联工作。小时候酷爱戏曲电影《花为媒》的我,没想到长大后遇到了张五可扮演者新凤霞的女儿吴霜老师,她是当代著名歌唱家和作家,她不仅歌剧唱得好,从小受妈妈的影响,还喜欢唱评剧。

记得一天下午,我正要下班时,忽然接到山东画报出版社王女士打来电话,她说要找吴霜老师商量出书事宜,于是我推迟下班,赶紧帮助她联系吴老师。一年后《美在天真:新凤霞自述》一书出版问世,并且被评为"2017中国好书"。在上下班的地铁和公交车上,我手捧好书认真阅读,感慨万千,书中详细记录了新中国成立前夕中国艺人的艰苦生活和他们对中国戏曲艺术的执着追求……

一次,我和吴霜老师一起去台湾参加文化交流演出,那天她说要为台湾观众演唱《花为媒》中的唱段《报花名》。当时我负责放音响,演出前她又担心地说:"如果我在台上叫板后音乐起得不合适可就尴尬了……"我说:"吴老师放心,我对《报花名》唱段很熟,您在台上一叫板,我立刻放伴奏音乐。"那天吴老师在台上向观众简单介绍剧情后,手举话筒"阮妈,听……"我手指"啪"一声按下播放键,音乐恰到好处,吴老师精彩的演唱赢得在场观众的热烈掌声……她下台后高兴地夸我:"你真棒,伴奏音乐丝毫不差!"

吴老师有一次到北京郊区演出,我开车去接。正好主办演出活动的单位让我们家孩子出个少儿吹奏葫芦丝的节目,所以孩子跟着一起坐车前往。我在前面开车,吴老师和孩子坐在后面,一路上吴老师给孩子讲《花为媒》的故事,并且教孩子学其中唱段,还教孩子英语和意大利音乐术语,开始孩子的舌头不会打"嘟",在吴老师耐心逗趣引导下,孩子很快学会了。吴老师不仅是著名艺术家,更是疼爱孩子的好妈妈,她很爱和孩子玩,在玩的过程中,孩子潜移默化地学到了许多知识。平时在家里,我一提到吴霜老师,孩子就插话:"花为媒……"然后小嘴儿一噘"嘟……"给我和妻子来一串儿意大利音乐术语,把我和妻子逗得直乐。

今年孩子上六年级,疫情期间,学校不能复课,孩子居家学习,因此安排好孩子的文化学习生活非常重要。一天孩子问我:"爸爸,你陪我看场网络电影怎么样?"我说:"好的孩子,爸爸陪你一起看我国著名评剧戏曲电影《花为媒》,影片中的主角张五可是吴霜老师妈妈扮演的……"孩子一听吴霜老师妈妈扮演主角,一下子来了兴趣。那天,我们一家三口坐在电脑屏幕前观看了此部影片。第二天孩子妈妈边做饭边哼唱:"阮妈妈呀……"孩子在厨房外边玩边学唱:"他怎么还不来呀……"

一部戏曲电影体现了两代人的爱戏情怀,我相信,《花为媒》巧妙的剧情设计、流畅的民族民间戏曲音乐和动听的唱段,定会影响一代代热爱戏曲的后人去打造精湛的中华戏曲艺术。

此文章刊登于2020年4月20日《中国艺术报》副刊版。

豆腐坊

童年时期,家乡的豆腐坊是一间大大的土坯房子。房屋中央那蒙着眼睛的小毛驴一圈两圈……在不停地走着,石磨在转,磨碎的豆子形成白沫顺着石磨缝隙流出来。磨盘下面是口大锅,锅底有个拳头大的洞,那个洞正好在锅底儿正中,豆浆从那漏洞流到水桶里,一桶正好为一锅豆腐。灶台边上,圆德太爷大声喊着:"水开啦,把豆浆提过来,加柴禾,火大点!"当沸腾的豆浆正要冒出锅时,只见圆德太爷用根木棍蘸点卤水儿在沸腾的白沫中间向下一插,沸腾的白沫顿时下去了,当地人叫"卤水点豆腐",这可是技术活,点好了整锅豆腐白嫩鲜美,否则就会出现豆腐不能成形或者是咬不动的尴尬。

豆腐脑儿、豆腐干和油皮是家乡的豆类特产,把烧开的豆浆分层压实,形成十六开书本那么大,一块块的,再用盐、花椒和大调料水儿煮透,咬起来松松的,软软的,真是美味佳肴;油皮是在豆浆沸腾时用扇子在锅口反复扇吹,当沸腾的豆浆表面受凉凝固成一层薄薄的皮时,用竹竿一挑,粘在竹竿上的,像宣纸一样大,浅黄色的一张,那就是油皮了,在外地这两样特产是买不到的。"文革"后期,我们家族里有位大爷爷,他被贬职回家务农，最初为生产队放羊，后来为村民们磨豆腐。一次，母亲让我去用豆子兑换两张油皮，当我走进豆腐坊时，大锅里的豆浆刚开，大爷爷说："嗯，来得正好，大爷爷给你弄两张刚出锅的！"说着大爷爷在锅中间一挑，一张油皮成功了，再一挑又成功一张。走时大爷爷反复叮嘱："孩子，千万拿稳！"我左手一张，右手一张，分别用竹棍挑着，两眼几乎一动不动地盯着那竹棍上的油皮往前走着。可谁知在拐弯处，一阵风吹来，我赶紧把眼睛闭上，等风过后我睁眼看时，发现手里只有两根空空的竹棍，油皮不知道被风吹到哪里去了，我一生气扔掉竹棍儿哭着跑回家了，母亲知道后赶紧顺着路往回找，结果在一个墙角找到了被风吹掉的油皮，她拿回家用清水洗了洗，放点调料搅拌，味道还不错，就是有股土味儿。在那生活相对艰苦的年代，豆腐渣虽然有些粗糙，与肉末和小葱一起熬着吃也是美味食品，但是不能吃得太多，否则不易消化。一次，我去京南一家饭馆吃饭，服务员问我："先生，您点盘麻豆腐吗？"我点了一盘一品尝，忽然发现："哎呀，小时候家乡豆腐渣的味道，如今在大城市变成美味食品了。"

家乡的豆腐坊不仅是加工豆腐、豆腐干、油皮和豆腐渣的场所，同时更是传播民间文化的阵地。小时候，每当春节前夕，母亲总要把泡好的豆子让我用盆端着去豆腐坊排队等着做豆腐。不知什么时候人们为了消磨无聊的等待，在那里开始讲故事，经常开讲的是胡三爷，他出生书香门第，口才也好，为此人们都称他"说书大师"，在那个没有电视的年代，为了满足人们的听书需求，每年他至少两次去县城买书，《三国演义》《西游记》《红楼梦》等经典名著家里摆放了半炕。胡三爷开讲前离不开酒，为此人们从家里给他拿点好酒，他右手拿着刚出锅的豆腐干，左手拿一个小酒杯，一口豆腐干一口酒，喝得差不多了，然后开讲："话说唐僧……"当人们听得正起劲时，他"啪"一拍大腿："要知后事如何，咱们下次再说！"人们赶紧上前敬酒，呈上新出锅的豆腐干……有时胡三爷心情好，就给大家加演一段戏曲演唱，胡三爷开讲和戏曲演唱成了大人和小孩们的精神食粮，那酒味儿、豆腐、豆腐干、油皮的味道、说书的声音和高亢的戏曲曲调交织在一起，形成了当地特有的餐饮文化。

如今，豆腐坊在山村风雨和日月轮换中消失了，但是那豆腐坊的往事却成了一代人心中难忘的记忆。

2017年12月10日于北京

第三辑　绵绵情丝

几世琴缘

据父亲回忆，在清朝末年，他的爷爷经常到南方做生意，一走就是三年五载甚至更长，在那个兵荒马乱的年代，家人十分担心他的安全。

有一年，祖爷爷回来了，带回了一把"琴杆顶端镶有龙头的二胡"。晚饭后，祖爷爷在油灯下小心谨慎地擦拭他的二胡，而后情不自禁地演奏起来，顿时轻柔婉转的声音萦绕了整个山村，左邻右舍纷纷循声而至，此时鬓发斑白的祖爷爷更来了劲头，一串串音符在他的指间环绕盘旋，琴声时而慷慨激昂，时而低回婉转，陶醉了山村星月，陶醉了前来听琴的人们，一曲终了，在此时无声胜有声的沉静过后，婶子，大娘，大爷和孩子们不约而同地齐声叫好，接着祖爷爷又侧耳倾听，转轴调弦，精力集中，右手缓缓拉弓，左手指轻轻地揉动琴弦，美妙的声音牵动着前来听琴人们的思绪，又进入了另一个乐曲意境……这样一曲连着一曲，直到深夜，从此这种天籁之音在偏远的山村之夜回荡，在人们心中生根发芽。那时人们只知道二胡的声音好听，却不知叫什么乐器，每当人们问起时，祖爷爷就向大家讲解：此乐器叫"龙头格勒"，直到现在村里的老年人还这样称呼二胡。也就是从那时起，人们纷纷仿造，二胡在许多家庭安家落户，以及后来被应用到当地民间说唱和戏曲伴奏当中。

祖爷爷最疼爱父亲，全家人除了父亲，谁也不能动他那龙头爱物，同时他还把二胡演奏技巧全无保留地传授给了父亲。"文革"期间，在"破四旧"的狂潮中，龙头二胡随着熊熊大火化为灰烬。二胡虽然被烧，可烧不尽的是父亲对二胡的痴爱，到了1978年，父亲通过省吃俭用，又重新买了一把二胡，在我模糊的记忆里，父亲总是在人群簇拥中拉琴，那时我经常趴在父亲背上听，有时还听着琴声在父亲背上睡着。

父亲不识线谱和简谱，除了祖爷爷留下来的工尺谱乐曲外，现代歌曲他听上几遍就能记在心里，并且可以熟练地演奏。我在和父亲学琴的过程中，父亲多次手持毛笔，用楷书，认认真真地为我书写工尺谱乐段。如今那些段落仍然十分清晰地记在我的脑海中，遗憾的是无论我查阅多少资料细心对照，都无法弄清楚那些段落是我国古代什么乐曲。

高中毕业时，部队到学校征兵，明确指出有特长的学生可以优先入伍，我凭着拉二胡的一技之长光荣地加入了中国人民解放军。在十几年的军旅生涯中，无论是在基层连队带兵，还是在机关工作，每当我为战友们讲述阿炳的故事，或者用二胡演奏《二泉映月》时，战友们总会听得如醉如痴……

今年春节期间，我回老家，刚进村就听到有二胡的声音，我循声前往，轻轻地推开家门，看到父亲正在拉琴。父亲说："这把琴声音很好，可惜蟒皮破了个洞。"我说："我知道哪里能修，我去修。"回京后，我找了几家乐器维修店，要求换个琴筒，可他们都说太陈旧了，拆开装不上。因此我只好保持原样，把二胡挂在墙上当家庭装饰。正在上小学四年级的儿子，二胡已经考过了六级，一次他拿着新琴练习时问："你怎么还留着那把旧琴？"我说："那是你爷爷用过的，他对那把琴有感情了。"

多少次我凝视那把二胡，仿佛看到父亲拉琴的身影。

此文章起草于2006年3月，发表于同年同月31日的《音乐周报》第八版音乐生活中的岁月如歌栏目。

又梦家乡戏

家乡不仅山美水美,回想那些土得掉渣的家乡戏更美。那高亢的曲调、舒展的动作、动人的故事情节至今仍然留在我的心中。

我从小生长在河北、山西和内蒙古的交界地段,我们那里的人们都喜欢晋剧,当地人称"山西梆子"。儿童时期,家乡的小山村人少,演戏时台上的演员、乐队和演出保障人员等经常是台下观众的数倍,有时赶上下雪天,台下无观众,但家乡戏还是照常开演。那时父亲在乐队里拉二胡,我经常趴在父亲背上看戏,《穆桂英挂帅》《打金枝》《铡美案》等每个故事情节、每段唱腔、每个动作、每个人物的基本特征等至今记忆犹新。受当地戏曲影响,最初我喜欢上了二胡和笛子,上学后又正式学习钢琴,上大学后学习了作曲理论,如今在工作岗位上自己仍然发挥着音乐特长,就是那些土得掉渣的家乡戏,给我们那代人留下了深刻的印象。而家乡戏的排练和演出也造就了许多文学、美术、书法和歌唱等人才。听当地人讲,郭兰英、戴玉强、冯瑞丽、杨洁、曹禺等著名歌唱家、电视导演和文学家等都在我们家乡唱过或听过戏。也是因为受当地戏曲的影响,我们那里曾经出了著名笛子大师冯子存,他演奏的《喜相逢》《放风筝》《农民翻身》《闹花灯》《五梆子》《挂红灯》《万年红》《对花》《春暖花开》等乐曲都与我们那里的地方戏曲有着直接联系。

我国是个戏曲大国,各个地域都有自己特色的地方戏,这是世界上任何国家无法相比的。近百年来,地方戏曲的博大精深孕育了中国人爱国、创新、包容、厚德、友善、孝顺和好客的性格特质。

在经济发展的征程上,我们那里的家乡戏也曾有过严重的困惑。20世纪90年代中期,家乡戏在农村经济发展的热潮中销声匿迹了,曾经热闹非凡的戏曲舞台被养猪专业户占用,舞台上养的猪又肥又壮,猪的叫声很刺耳,戏曲舞台本身陈旧,再加上养猪时间久,舞台的土墙被猪尿和猪粪浸渍着,远处看去,坍塌的舞台像只受伤的天鹅残卧在那里。戏曲库房里,多年未用过的戏曲服装和道具成了老鼠结婚生子的家园。曾经活跃在戏曲舞台上的包公、金枝女、陈世美、秦香莲、穆桂英等演员多数外出打工。

近几年,家乡的经济情况好转了,但是人们总感觉缺少些什么。多少次我回老家,打算凑些费用把家乡戏曲舞台重新整修一番。

有一次,我刚进村儿惊讶地发现在戏曲舞台原址上出现了个新建的青砖绿瓦大礼堂。礼堂四周有许多小房间,房间门上标有:男化妆间、女化妆间、排练室、电脑室、戏曲资料室、戏曲创作室、服装室、道具室、音响室、灯光室、会议室、导演办公室、行政办公室、团长办公室和书记办公室等。我向村里的老大哥打听:"大礼堂是谁建的?"老大哥回答:"如今咱们村儿新修的公路通车,村民生活富裕了,大家又想听家乡戏,于是有钱的出钱,有力的出力,这大礼堂就建成了。"

家乡戏度过了最困难的时期,热闹的戏曲锣鼓又重新敲响,戏曲舞台两边再也不是儿童时期的高音喇叭了,如今换上了GBL音响和声艺模拟调音台;戏曲乐队在原来民乐的基础上增加了萨克斯、单簧管、双簧管、长笛、长号、小号、小提琴、大提琴和电子合成器等;舞台背景的LED大屏幕显示器与笔记本电脑连接,产生了前所未有的舞台美术效果。

看戏的人们再也不用穿大皮袄和大皮鞋了，人们坐在温暖舒适宽敞的大礼堂里高兴地议论："在家看电视，哪有现场看戏效果好啊！"

家乡戏又唱起来了，剧团负责人对我说："我们的硬件设施已经没有问题了，目前最需的是人，我们打算把在外打工的都招回来，让他们充实到演戏队伍当中，我们要打造世界戏曲品牌艺术团队，把家乡戏推向世界舞台，让外国人也看看咱们的家乡戏。"

"锵锵锵锵……开演啦！开演啦！"

"嘿！小孩儿爸爸，你醒醒，上班时间到了！"

啊！原来是个戏曲美梦，家乡的戏台没有那么高档，也没有那么热闹。

我魂牵梦绕的家乡戏啊，你什么时候才能重新开演？

此文章曾经刊登于 2014 年 11 月 5 日《中国文化报》美文副刊栏目。

兔山情

河北省宣化区桑干河畔的王家湾乡谢家湾村南有座奇特的山,山的外形远处看像只兔子卧在那里仰望东方天空,当地人称此山为"兔山"。此山西毗阳原县化稍营镇的泥河湾村(旧石器时代人类文化遗址),南邻我国著名剪纸艺术之乡蔚县桃花镇,兔山处于河北、山西和内蒙古的交界地带。

兔山傍水而立,千百年来,兔山脚下的人们不仅喜欢剪纸艺术,更喜欢用美妙的歌声和乐器表达自己的思想感情。据当地老人回忆,我国著名笛子吹奏家冯子存少年时期就经常在兔山附近的谢家湾、栗家湾、西坪和王家湾等村吹笛子卖艺。至今笛子仍然是当地村民最为喜欢的乐器,《喜相逢》《放风筝》《农民翻身》《闹花灯》《五梆子》《挂红灯》《万年红》《对花》《春暖花开》等笛子乐曲可谓家喻户晓,如今那里的笛子高手仍然层出不穷,他们演奏起来精神抖擞,神采飞扬;更值得一提的是,我国著名作家丁玲于1946年9月在兔山以东三十公里的涿鹿县温泉屯村(当地人称暖水屯),她和陈明、赵可等一起做土地改革工作时,丁玲感受到当地民风淳朴,特色鲜明,于1948年写成了著名红色经典小说《太阳照在桑干河上》。

春天，兔山周围田野翠绿，桃花粉红，梨花洁白，蜜蜂飞来飞去，山川美景令人目不暇接；夏天，山上山下果园和农田里的玉米、大豆、高粱、黄豆、黍子、谷子、土豆、白菜、萝卜、芹菜、菠菜、西红柿、茄子、杏子、李子、苹果、桃和梨等争先恐后地生长，呈现一派生机勃勃的农家美景；秋天，田野里的玉米、大豆、高粱等都成熟了，凉爽的秋风扑面而来，瓜果飘香，令人陶醉在秋色之中；冬天，山河宁静，雪花飞舞……

兔山上最珍贵的农产品是黍子，当地人称"黄米"，此物磨面后可制成金黄色的"糕"，当地人家中午以此为主食。因为兔山上多为黄土坡地，那坡地上春季雨水量大，而夏秋两季阳光充足，雨水量少，所以那里生长出来的黍子颗粒特别饱满，做出来的黄糕也是特别黏口醇香，当地人称此为"劲道"，吃了黄糕干起活来浑身都是力气。那里的姑娘们肤色白里透红，小伙子们青筋外露，身体壮实，老人们精力充沛，精神矍铄，我想就和那金黄色的糕有关。日常习惯白面大米肠胃的人，吃了那里劲道的黄糕可不容易消化，因此当地流传一首歌谣："高高兔山黍粒饱，磨碎黍粒做黄糕，白菜豆腐炖山药，黄糕一块真劲道，没有好肠胃你可享受不了它的美妙，哎哟哟，好黄糕，哎哟哟真劲道……"可谓一方水土养一方人啊！

关于兔山的传说更是扑朔迷离，兔山西部，有八十一个大小不同的山洞，当地人把这些山洞取名为象光洞。有的人说最深的山洞可以穿越北京的八达岭直达门头沟，长一百三十多公里，由于山洞深长，光线氧气稀少，很少有人穿行到最深处。

山洞边上有个著名的寺庙，人们称"象光洞庙"，据当地老人讲：是唐代魏徵亲自选址并派人建庙，与河南省登封县（现为登封市）嵩山少林寺为兄弟寺庙。清朝以前象光洞寺庙灯火辉煌，佛像高大，香烟缭绕，僧人众多，烧香拜佛的人接连不断。解放战争初期，寺庙被土匪霸占，僧人四处逃命，寺庙容貌惨遭破坏，只留下一些唐代碑文和破旧的佛像。改革开放以来，在政府部门的大力支持和当地村民密切配合下，兔山西部千年古寺得到了重新修缮，焕发新的生机。优美的深山风景成了四方游客理想选择之地，神秘的山洞成了探险爱好者试探揭秘的话题，桑干河底石缝里的野生鱼也成了游客们的美味佳肴……

一年夏天，我回老家，我高中时期的体育老师谢久军给我讲述了一段有关兔山的美丽传说："相传很久以前，兔山上住着一只黑兔和一只白兔，他们每天在山上采药为桑干河畔生病的人们治病。一天夜里，白兔去桑干河北岸为生病的人送药，返回途中看到嫦娥在桑干河畔洗衣裳。明月高，流水长，洁白的纱裙散发着芳香。白兔为嫦娥整理晾干的衣裳，嫦娥见白兔勤劳美丽又善良，把它抱在怀里飞到了天上。第二天黑兔到处寻找，怎么也不见白兔踪影，白兔妹妹啊，你去向何方？当东方明月升起，黑兔惊讶地发现白兔竟然在东方的月亮上。黑兔向着月亮边奔跑边呼喊：'白兔妹妹——'当它奔跑一阵后发现天上的明月与它以同样的速度在后退，黑兔向右奔跑，明月又以同样的速度向右，黑兔向左奔跑，那明月又以同样的速度向左。几个时辰后，无奈的黑兔只好蹲在山顶仰望明月，明月高，流水长，五百年沧海桑田，黑兔化作山峰永久仰望东方。"听了这段神话故事后，我的心情久久未能平静，老师讲的真是太好了，我总想找个机会再让老师讲一段。一天，我忽然接到老师电话："他约了两个朋友要到怀柔去参观，车已经上路了，上午十一点让我在北京顺义马坡桥下等，坐他的车一同前往怀柔……"那天天气阴沉沉的，我在桥下从上午十点一直等到下午两点也没见到老师的车，打电话他也不接，当我等到下午三点时，忽然接到家乡人电话："老师他们在怀柔路上由于车速度太快，他们的车钻到了一辆大货车尾部下面，车上三人无一人生还……"噩耗传来，我赶紧赶往事故现场，还没到达，家乡人打电话说："事故车辆和人已经在返回京张高速的路上了……"那天我望着公路上吼叫奔跑的车辆，向着家乡的方向落泪了，老师啊！您是个感情浓重、有理想、有追求、有故事、有知识的人，您用博大的师爱把学生留在了人世间，而您还不到五十岁……也就是那年,我回到家乡,望着雄伟壮观和神秘的兔山,将老师曾经讲述的故事写成一首诗:"青山高,绿水长,兔山的传说万古流芳……"一首诗虽然不能完全表达师生的情感,但也算对老师的追思和怀念!

《兔山的传说》诗作发行后,被许多热爱诗的人们配乐朗诵,并被译成英文,在国外流传。

2019年3月10日深夜于北京

草原上的亲人

也许有人会问,你生长在山区,草原怎么会有亲人?话得从1960年说起。母亲在世时经常为我们讲述:1958年自家的锅和碗都上交人民公社了,也就是从那年起,每年秋天收下的粮食用马车拉走,人们等着上边下发粮食,可发下来的很少。1960年冬天北方下了场罕见的大雪,全村缺衣少食的人们在寒冷和饥饿中去世了一半。村里有为逝者摆放贡品的习惯,可那时哪有贡品摆放呀?逝者需要抬出去埋,可活着的人饿得浑身浮肿,哪有力气去抬逝者。面黄肌瘦的人们啊,在寒冷和饥饿中望着天空纳闷儿,这到底是怎么啦?

大哥出生于1959年冬天,挨饿的日子正被他赶上了,他饿得像小萝卜头一样,大人没饭吃,小孩儿哪有奶水儿。此时外公来了,他带来了六个土豆,这是母亲结婚后外公第一次来她家。母亲很想招待自己的父亲,可家里连个碗都没有,更别提米面了。村民们每天盼望公社大食堂早点开饭,可每次开饭都是些略带黄色的玉米水水儿,阎王暂时不收的人们都靠这点儿黄水水儿维持生命。外公走时悄悄告诉母亲:"赶紧把这六个土豆吃了,千万别让外人发现,否则外人告密会把你枪毙的。"说完外公走了。父亲找了些干枯的树枝，在屋里点了把火，把那六个鸡蛋一样大的土豆烧熟给母亲吃了，父亲也跟着吃了些粘着柴禾灰的土豆皮。在那个年代土豆真是神了，烤土豆的香味儿顺风飘到人民公社上空。领导问："谁家搞特殊？"片刻执勤民兵来了，他们把简陋的小屋几乎翻了个底儿朝天，也没有翻出什么。民兵们走了，母亲喝了两瓢凉水，那时候土豆真是好东西，土豆和凉水结合，第二天母亲有奶水儿了，大哥的小命儿保住了，可就在这时噩耗传来，路过的人捎信儿说外公去世了。外婆住的村子位于我们村北五公里，若干年后外婆回忆：那年春节前夕，外公外出时说要去看女儿，可两天过去了，也没见回来，外婆感觉情况不对，就顺着小路去找，结果发现外公倒在路边的雪地里没气儿了，外婆想把他背回家，可饿得浑身一点力气也没有，她只好双手就地挖坑把外公埋了。回家后，外婆决定："要想活命，就得去口外（当地人指张家口以北的土地）。"有邻居前几日逃到口外去了，她也想出逃，春节过后她白天照常下地跟着社员们干活，夜间把门一锁，背着当时只有两岁的舅舅，抱着四岁的姨姨，越过宣化向张家口以北跑去。一过张家口就接近内蒙古大草原了，那里面积大，人口少，交通不方便，没人去收公粮，所以靠近草原的那些零散人家都是自种自食。那里有牛羊，还有大面积的沙地，那里的沙窝地最适合种土豆，即使不下雨土豆也能长，所以当时北方流行一首歌谣："西口外好收成，圆个溜溜的土豆满地滚……"为了控制人们向北逃跑，公社多次召开大会，一方面是加强教育；另一方面把逃跑的人抓回来，胸前挂个大牌子搞批斗。老人们回忆，有一次在批斗会上把一位北逃的老太太抓回来，大伙指着老太太批斗，有的人用土块儿和小石子儿砸她，后来老太太在饥饿、寒冷和羞辱中离开人世了。那时农民离开土地，比现在的偷渡问题还严重。多少年后外婆回忆，她带着孩子，白天找个隐蔽的地方住下，夜间继续向北，多少次外婆绕开路口，躲过了民兵的围追堵截。一天夜里她刚过野狐岭就碰到一群狼挡住北去的路。在这危急时刻，幸运的是她看到不远处有堆火，她赶紧带着两个孩子向着火的地方跑去。在那里点火的也是位北逃的农民，在攀谈中外婆得知他的孩子和媳妇在饥饿中去世了，为了活命，他不得已向北逃跑。巧遇他也是缘分，他们相互照应，一路向北，越过正镶白旗，一起来到一个叫白狮沟的地方，她们成为一家人了，在那里他们一直活到生命的尽头，在草原的岁月和风雪中他们一起化作了草原上盛开的花朵。听母亲说，外婆享年八十岁，北逃路上巧遇的那个男人享年八十四岁。

车轮在高速公路上飞快地旋转，我的车已经向北驶出三百公里，可还是没见到白狮沟。我从来没见过外婆，但外婆在我心中是位很了不起的母亲，在那个缺衣少食交通不便的年代，她竟然带着两个孩子步行那么远，外婆到底是什么人？外婆平凡得像草原上的小草，她和千千万万中国底层农民一样，在旧社会生长，她没有读过书，不懂什么"思想和主义"，只知道带着自己的儿女活命，在无比艰难的岁月里外婆尽到了母亲的责任。

1960年给上辈人留下了挨饿的深刻教训，在这里我不去评价外婆北逃的对错，只愿让新一代年轻人懂得土地和粮食的重要。也许是那时候总结出来的，我小的时候，父亲经常和我们讲："你如果欺骗地皮，地皮会欺骗你的肚皮……"今天，我第一次见到姨姨，望着满头白发的她，我很想让她讲讲当年她和外婆北逃跑的往事儿，可姨姨总说那是很久的事儿，不提那些了。我想让姨姨带我去为外婆扫墓，姨姨说那里离这儿很远，别去了。望着姨姨两眼含泪，我不好再说什么。我很想多看几眼姨姨，可又不敢与她对视，她的五官、双手、体形甚至是一举一动和母亲是那样的相像。母亲离开我们已经整整十年了，希望姨姨不要离开我们，望着姨姨满头白发和失去青春活力的背影，我的眼前模糊了，泪水禁不住流了出来。

我问姨夫，草原上没有水怎么办？姨夫说："怎么没有水，雨雪后草地的低洼处有很多水，可以洗澡，也可以做饭……"听到这里我不由得惊讶："啊！原来是这样。"

我们正在姨姨家吃早饭时从外面来了一位八十多岁的老头儿，他听说我们是从口里（当地人指张家口以南的土地）来的，问长问短十分热情。他说："我们家是口里阳原县东井集镇西堰头村儿的，我1960年来到这里，这里蒙古人很少，这里的汉人多数是从口里来的，是那个饥饿的年代逃荒来到这里的……"

望着茫茫草原，我由衷感叹："那个年代的人能活下来，多不容易啊！"

2019年3月9日

笛声悠远

为了弄清楚冯子存往事,文友建议我去拜访当代著名笛子吹奏家王铁锤老师,当朋友李春玉帮我联系好,我正要去王铁锤家时,忽然北京新发地菜市场出现了新冠肺炎疫情,考虑到艺术家身体健康,只能等北京疫情降为零再去拜访。

2020年7月8日,北京疫情降为零,7月10日傍晚,是个阴雨天气,为了不给对方添麻烦,我只打一次电话,我拨通王铁锤老师电话,他十分热情地答应了。我顺着楼房下面的小路跟着感觉走,到小区门口时,值守人员问:"您好像不是我们小区的。"我回答:"您说得对,我是来拜访王铁锤老师的。"值守人员说:"啊!明白了,就是笛子艺术家。"我说:"是的!"他问:"你会吹笛子吗?"我说:"会的。"他打趣说:"我们小区有个不成文规定,凡是来拜访笛子艺术家的,必须得在这里吹奏一段。"我说:"好的,我带着笛子呢,天快要下雨了,您先放我进去,我一会儿出来时在这里演奏个专场。"

快到楼下时,我想以前见到王铁锤老师他是在台上演奏,今天终于有机会和王老师面对面交流了,心情非常激动。我一进门,他非常热情地说:"来,过来坐吧!"我说:"王老师,不可以的,我就坐门口,与您保持疫情防控的安全距离,我得保证您的身体安全。"老人家非常干脆地说:"没那么可怕,过来坐吧!"可我还是保持距离,不摘口罩,小心谨慎地坐在门口。当我提到冯子存时,他感慨地回忆:冯子存是我笛子艺术道路上十分尊敬的恩师,在他的指导下,我才有了今天的笛子艺术成就。我出生于河北省定县子位村,祖辈六代从事业余民间乐器演奏活动,父亲是农村吹歌会成员,七岁时受父亲的吹歌会音乐启蒙,正式开始练习吹奏,十岁开始和大人们一起演出,受到观众热烈欢迎。1947年我以优异艺术表现进入华北大学文艺学院学习,那时候北平情况十分复杂,周巍峙(著名音乐家,代表作:中国人民志愿军战歌)带着我们一边进行军事训练,一边排练演出,那时候我在演出小分队是吹管子的。我比较胖,同志们习惯地称呼我"铁锤";还有一个比较瘦的,同志们习惯地称呼他"镰刀"。1949年7月2日,第一届文代会召开时,我们为参会人员演出,毛主席第一次见到我就把我的名字记下了,他对身边人说:"那个小胖娃儿,铁锤同志……"

1952年10月31日,我们演出小分队和其他舞蹈队合并为中央歌舞团。1953年5月,冯子存来到我们单位,他比我年长二十多岁,那时候我主要是吹管子,在他的影响下我才逐渐改为笛子,并拜他为师,我每天跟着他刻苦练习。那时候人们都不知道什么是独奏,最初人们称"单独吹奏",后来逐渐习惯称"独奏",他是中国第一位将笛子独奏艺术搬上舞台的人。在我国,笛子的历史虽然很悠久,但是以前的笛子只是戏曲中的伴奏乐器,没有单独形成艺术,冯子存以独奏的艺术形式把笛子搬上舞台后,人们感觉特别新鲜,一时间全国掀起了"吹笛子"的热潮。每次演出,冯子存的谱子只是基本参考资料,他吹得很活,第一遍这样吹,第二遍就那样吹了,当遇到台下观众鼓掌时,他就在那里停下等着,等台下观众的掌声回落后他再往下吹,为此给他伴奏的乐队要格外小心地跟着他,时刻注意着他的演奏变化。台上笛声飞扬,台下掌声如雷,人们沉迷在美好的笛子艺术享受中。其实我认为艺术就应该活泼些，为什么要把自己绑得紧紧的，有时候大型音乐会演出前，我和交响乐队指挥说："到时候看着我，咱们一起悠着点……"有一次乐曲结束后观众掌声热烈，我和乐队指挥相互一对视，我的笛子一吹，立刻指挥和乐队跟着我反复演奏乐曲的欢快结束段落，台下观众听得更加如醉如痴……

冯子存为人很好，我每次问他，他都耐心为我解答，从不着急。一次，我问："五梆子乐曲中，您吹的那个音那么有劲，那是什么音，是怎么吹出来的？"他并没有直接回答，而是反问我："你会做饭吗？"我一听大吃一惊，我问："吹笛子和做饭有关系吗？"他说："有的，那个音叫剁音，是做饭剁菜的剁。"我一听更惊讶："啊！你把做饭剁菜用到笛子吹奏上啦？"他说："是的。"接着他十分认真地说："我国古代《琴史》中列子云：伯牙善鼓琴，钟子期善听，当伯牙弹琴而志在高山，钟子期说：巍巍乎，好高的山啊！当伯牙弹琴志在流水，钟子期说：汤汤乎，好大的水啊！一天，伯牙发现钟子期好久不来了，就亲自登门拜访，当他到钟子期家门口时发现钟子期已经死了，于是伯牙回去将琴摔破，从此不再弹琴。伯牙是我古代著名琴师，那么伯牙的老师是谁呢？据史料记载，伯牙的老师是成连，据说伯牙向成连学琴长达三年之久，到后期成连见伯牙弹琴的技巧虽然提高很快，但音韵中总是缺少情感，情感不足终不能达到高妙境界。一天成老师对伯牙说：'你现在琴弹得很好了，我明天带你去见我的老师，他会有更高的妙法教你……'伯牙听成老师说要带自己去见更高的老师十分高兴。第二天他早早来到和老师约好的大海边松树下，他等了好久，两位琴师都没有来，于是他听着海浪拍打礁石和海风吹拂树枝的声音，坐在树下弹起琴来。一曲终了又来一曲，不知弹奏了多少曲，直到太阳落下，伯牙感悟：'啊！原来老师的老师是大自然。'"在我之前真正的笛子老师很少，也许有，但是我没有遇到过，要想学好笛子吹奏艺术怎么办？只能向大自然学习，老老实实当动物的小学生，咱们人类从蜘蛛那里学会了织网，从燕子那里学会了建造房子，甚至我们从老鼠那里学会了修地道，在各方面，动物是我们的老师，只要仔细观察，展开联想，我们就能受到很多启发。比如我编写的乐曲《黄莺亮翅》，黄鹂鸟就是我的老师，全曲分为四段，第一段，太阳悄悄露出半边脸，光亮穿透村边的树林，溪水潺潺，小鱼儿在自由地游动；第二段，一对黄鹂鸟从睡梦醒来，它们在窠巢边舒展翅膀，在树林里歌唱；第三和第四段，描写黄鹂鸟飞向蔚蓝的天空，它们在蓝天里高飞，在蓝天里歌唱……它们怎么飞，它们怎么鸣叫，我就怎么吹，最后乐曲在舒缓的旋律中结束。听到这里我感慨地说："听师一席话，胜读十年书啊！"

冯子存在学习和创作中十分刻苦，他经常深夜读书和创作。那时候我住在他的楼下，一次在睡梦中我听到地板"咚咚——咚咚——"我想老师肯定是又在创作，我赶紧拿笔把他踩地板的节奏记录下来。第二天我和他的曲谱对照时，他笑着说："嗯，有心人，没有打扰你休息吧？"我激动地说："没有，您的刻苦创作精神感动了我！"冯子存经常把一些民歌做前后延伸变成大乐曲，如《喜相逢》《放风筝》《农民翻身》《闹花灯》《五梆子》《挂红灯》《万年红》《对花》《春暖花开》等都是这样。那时候懂作曲理论的人很少，会作曲的人也不多，他能创编出那么多笛子乐曲，真是了不起啊！

冯子存对学生特别好，一次一位南京的学生来找我学习，我说："我给你介绍我的老师……"我把他领到冯子存家，结果那位学生在他家吃住学习长达三个多月。一次我们三人一起去后海，在路上那位学生总是向理发馆张望，聪明的冯子存说："徒儿，你理个发吧，你的头发长了。"那学生连忙着急地说："哎！不不，老师……等……等回到南京再……再说，北京理发太贵，竟然要八角钱，我们那里三角钱就能理，再说了，我在您家白吃白住白学习……"冯子存笑着说："我身上正好有八角钱，你就理一下吧，理发还要等吗？"后来那学生理发后，冯子存把费用给付上了，那时候的八角钱可相当于现在的八百元啊！他付费后高兴地对我说："呵呵，我徒儿理发后更加精神了！"在那学习笛子的狂热年代，全国喜欢笛子的学生特别多，好多学生没有机会来北京学习，只靠写信请教，冯子存每天都抽空为全国来信的学生认真回信答疑解惑。那时候全国的老师都不懂向学生收取学费，我向冯子存学习多年，他也从来没有提过什么学费的事儿。一次演出结束后，我们一起散步到王府井后街时，我说："这么多年您专心教我，我想请您吃个夜宵，表达一下学生的心意。"冯子存听后笑着说："你工资不高，还是我请你把！"结果还是老师请我了。冯子存不仅不收取学费，还经常把学生留在家里吃饭，学生走时他还给学生拿坐车的费用，那时候老师和学生是师徒如父子的关系，冯子存经常称呼自己的学生"徒儿"，经常把学生当作自己家孩子对待，如今他的学生回忆起那些往事，就感动得热泪盈眶呀！

  也许是受恩师冯子存影响，这么多年我也经常真心对待自己的学生。那年我在中国音乐学院担任笛子专业教师，一天我从院子路过，看到一位小姑娘在路边抹眼泪，我问："孩子，你怎么啦？"她说："考场上没有发挥好！"我说："嗨！这次没有发挥好，好好练习，下次发挥好不就行了吗？"后来我把她带到家里，我带着她吹《喜相逢》，我吹一句，她吹一句……正好家里来了位朋友，他是团里的乐队指挥，他看后激动地说："啊呀呀！这种形式太好啦！"咱们国家有对唱，今天我发现了"对吹"。其实我那是在教学，没想到激发了他的灵感，他到团里向领导汇报，结果在多种场合演出我俩对吹，得到观众的一致好评，从那以后"对吹"成为观众喜欢的笛子吹奏表演艺术形式，那位小姑娘就是当代活跃在国内外舞台上的曾格格。

  时间在不知不觉中过去了两个多小时，为了不让老人太劳累，我赶紧站起来告辞，我从兜里掏出湿纸巾擦我坐过的椅子，他说："你别擦了，身边的这位是我弟弟，让他擦吧！"由于全国仍然处于疫情防控常态化进程中，本打算和老艺术家一起合张影，可为了确保老人家身体安康，合影的想法只能打消了。

  从王铁锤老师家出来已经是晚上八点多了，外面下起了蒙蒙细雨，大门口值守人员和我开玩笑说："今天下雨不方便，您欠我们的乐曲，下次来补上吧！"我说："好的，好的，我一定补。"

温情的细雨在不知不觉中洒满了壮美的京城，我在这清凉的雨夜中仔细回味中国笛子艺术的美丽，我再次感叹："大自然放飞了音乐的翅膀，而美丽的音乐又赋予了人们生活快乐的畅想！"

2020年9月6日

桑干河畔的情思

在"迎新年,送祝福"的笔会活动中,巧遇铁道部第十六局的蓝勇达先生。也许是因为那条铁路的缘故,在闲聊中我们感觉彼此很亲切。一晃三十多年过去了,那时我刚上初中,蓝先生风华正茂,他还因公差去过我们那里,聊着聊着,那段难忘的修路往事涌上心头:那年大秦铁路的修建工作在我们家乡的桑干河畔如火如荼展开。一天,家里来了一对青年夫妇,男的穿着不戴徽章的军服,女的梳着长长的辫子,他们抱着孩子,进门后问我母亲:"大婶,家里有空房子吗?我们是来这里修建大秦铁路的,单位没有家属房……"那年二哥在山西当兵,看到他们,母亲感觉就像见到自己的孩子,关切地说:"我们家三间屋子,如果不嫌屋子小,我们住东屋,你们住西屋吧!"说完把他们领进屋子,把新被褥拿出来边铺边说:"快把孩子放下,抱着孩子怪累的。"然后母亲和他们一起打扫屋子。我们那里是革命老区,民风特别淳朴,没有什么经济观念,至今那里的人们也不懂得收取房租什么的。

晚上,父亲对我们说:"今天咱们家来了客人,他们是来修建大秦铁路的,此路是国家的重点建设项目,是国家的大事,照顾好他们的生活就等于为大秦铁路的修建出力,再说他们出门在外很不容易,咱们可不能为难人家啊!"一个月过去了,他们逐渐熟悉了我们家乡的方言和生活习惯,他们称呼我父母大叔大婶,我们兄妹称呼他们哥哥嫂嫂。每次放学回家,我都要带着他们的孩子玩,女孩儿叫英英,刚满三岁,男孩儿叫云云,刚会走路,两个孩子十分可爱,他们姐弟叫我叔叔。农忙时节嫂嫂带着孩子到地里帮忙,有时在家帮母亲打水做饭等。农闲时节姑姑、姑父、表哥、表姐分别来我们家,逐渐他们也熟悉了,一家人其乐融融的,从来不分你我,生活得好开心。

哥哥在修建大秦铁路的队伍中是司机,他整天早出晚归地运输修路材料。那天哥哥开车去了很远的地方,三天后才能回来。哥哥走后的那天深夜,英英发烧了,正赶上外面雷雨交加,慌乱无主的嫂嫂忽然想到找我父亲帮忙,父亲听说后,背着英英冒着大雨去医院挂急诊、测体温、打点滴……父亲和嫂嫂在医院忙乎到天亮后英英才退烧。有时在放学回家的路上遇到哥哥开车从我身边过,他慢慢停下车看着我笑笑就走了,几次我想坐他的车,可他始终没有表态。我和弟弟特别喜欢他开的那辆绿油油的大解放汽车,多少次想趁他不注意开一把过过瘾,也许他早就看出了我们兄弟的心思,总是把车钥匙看得紧紧的。一天我放学回家,听说哥哥在路上出事儿了,是他的徒弟开车时走了神儿,追了前面大货车的尾,在那紧急时刻,哥哥及时拉手刹,同时用自己的身体遮挡住了正在开车的徒弟,碎玻璃飞溅哥哥一脸,哥哥住院了。从那以后,我才真正懂得车的危险,也懂得了哥哥为什么不让我坐他车和动他车钥匙的根本原因。

高中毕业那年,我当兵离开家乡,三年后听说大秦铁路竣工通车,修路的工人们走了,哥哥和嫂嫂去另一个地方修路,两个孩子回到他们的老家江西省万年县小学读书了。

一次,江西的战友让我参加他们的老乡聚会,我很熟悉他们的言语,他们感到很惊讶,我说:"今生我与江西人有缘,我上中学时就开始熟悉江西的方言了,那时大秦铁路正在我们家乡修建……"

前年春天，曾经在我们家住过的哥哥嫂嫂已经退休了，英英大学毕业后在江西省万年县一所中学担任英语教师，云云当兵复员后在当地税务局工作了。去年春节前夕，他们从江西坐火车千里迢迢回到了阔别三十多年修建大秦铁路的桑干河畔的西坪村。大秦铁路工程依然雄伟壮观，他们曾经住过的屋子完好如初，但我的母亲，同时也是他们记忆犹新的大婶儿已经离世九年多了，健在的父亲已经步入八十岁高龄，他们重新见面后很是高兴。为了能见到他们，我也专程回到了老家，三十多年前的那些场景仍然清晰地留在我的心中，面对当年的哥哥嫂嫂，望着那长长的列车，听着响亮的火车鸣笛，心中的感受真是用言语无法表达，那浓浓的友情和那历历在目的往事，与家乡的桑干河水化作一首永远唱不尽的歌。

此文章发表于 2017 年 2 月 23 日《中国文化报》美文副刊栏目，2018 年 6 月荣获第八届冰心散文单篇奖。

家乡的艾草辫

我的家乡位于河北、山西和内蒙古的交界地段，著名桑干河从我的家乡流过。也许是家乡四季分明的原因，每年春夏季节那里生长着一种能驱除蚊虫的草，当地人称："艾蒿"。此植物清明后开始破土生长，五月初长成，它的叶子为绿色，生长初期上面有灰白色的茸毛，后期茸毛脱落，其叶片为宽卵形，中间有枝干支撑。在家乡的高山上，房前屋后，庄稼地边上等到处可见，一株株艾草在金色的阳光下随风摆动，为家乡美景增添了亮丽风景。

每年端午节前后，人们总要将艾草编制成辫子，其主要原因是，我们那里家家户户睡土炕，人们最需要提防的是土跳蚤咬人，每年开春时节，人们在屋子里将上一年准备好的艾草辫点燃，艾草烟味在屋内飘散，土跳蚤就四处逃走了。每年蚊子最多的时节，家乡人也不用蚊帐，晚上入睡前将艾草辫点燃，有艾草烟雾呵护，就不用担心被蚊子叮咬了。一天早晨起来，我看到有几只蚊子在窗户边休克了，我想肯定是艾草烟雾把它们呛晕了。每年夏天的夜晚，都是芬芳的艾草香气伴我入眠……

每年端午节，人们要登高山采艾草。一次，我问父亲："房前屋后到处都有艾草，为什么要走那么远，还要上高山。"父亲回答："艾草不用点燃也有防蚊虫疗效，另外据说端午节时期的艾草还能驱邪，村庄边上的艾草那可是全村人的保护神，如果咱们把村庄周围的艾草采摘了，就等于是给蚊虫和邪气敞开了大门……"听到这里我完全明白了，难怪端午节常常看到家家门前挂着艾草辫。

在烈日下，父亲把从高山上采集回来的艾草编成长长的辫子，挂在屋檐的铁丝下，一辫辫，一挂挂，近看像珠帘，远看像瀑布……那美丽的景色深深地印在我的心里。

在城市里，好多年没有看到家乡的艾草辫了，一天夜里，小孩儿睡觉来回翻身，我开灯看时，才知道是蚊帐里进了蚊子，它们在叮咬小孩儿，我赶紧掀开蚊帐驱赶，费了好大劲才把蚊子赶走，此时我在想，假如有条家乡的艾草辫该多好啊！那天夜里，我梦到了家乡的艾草辫……

一次我到南方出差，住在一所中档酒店里，那里的电源插板上的蚊香器里放着一个蚊香片，由于旅途劳累，躺下后我就睡着了，当我醒来后感觉自己有些头晕，我想肯定是那蚊香片的原因，我从小习惯家乡艾草的味道了，对那蚊香片的味道我一点也不习惯，那天不知道呛住蚊子没有，差点把我呛晕，那时我在想，以后我自己要用盒子带些家乡艾草出差，可又想不能在人家酒店里点火烧艾草呀，建议蚊香制作商们要深入民间，开动脑筋，及时研发新产品，把多种蚊香产品放在酒店里供客人们挑选使用。

如今八十多岁的父亲仍然保持着端午节前后登高山采艾草的习惯，哥哥担心他年事已高腿脚不灵便，爬高山会发生危险，可他执意要去。前段时间我回老家看望父亲，一进院子看到父亲正在编织艾草辫，屋檐下挂得满满的……

离开家乡时，我开车走出好远，无意在后视镜上看到父亲在车后招手，我想可能是把什么用具忘在屋里了，赶紧掉头回去。当走近父亲时，他把一条艾草辫放到我车里，并且叮嘱："城市里蚊子多，别忘记晚上睡觉前点燃……"

家乡的艾草辫啊！你承载着亲人的爱意，传递着端午节日的信息。

此文章刊登于 2020 年 6 月 24 日《朝阳报》副刊栏目。

那个挨饿的年代

昨晚,同学邀请我去西直门附近的眉州东坡酒楼吃饭,在那里我品尝到了许多美味佳肴,有凉的、热的、炒的、炸的、蒸的、炖的、煎的等等,各有特色,各有风味……同学们吃着,喝着,聊着,乐着,感受着现代生活的美好,在这粮食富裕的日子里,有谁还会想到过去那个挨饿的年代。

我们这代人是与祖国改革开放齐步同行的,回想四十年来,我们是从觅食和挨饿的泥潭里一步步挣扎出来的,如今吃的问题基本解决了,可饿肚子的记忆总在脑海萦绕。

我生长于桑干河畔,那里的人们在改革开放初期生活十分艰苦。那时候家里兄弟姐妹多,吃饭是家里的最大难题。那时候根本没听说过生日蛋糕,每当过生日,母亲在碗边给放个煮熟的鸡蛋,看到鸡蛋就知道是自己的生日了,看着那圆圆的鸡蛋怎么也舍不得吃……

那时候人们也懂得多养鸡的道理,可几乎每年开春儿都闹一场鸡瘟,许多鸡在瘟疫中死去,能留下的是极少的幸运者。留下的鸡一般情况是年底下蛋，初次下的蛋被人们称为"雏鸡蛋"，据说蛋清可以治疗烫伤，蛋黄可以治疗拉肚子，还能治愈感冒，如果感冒引发身体虚弱时吃个鸡蛋，哪怕是喝个生鸡蛋也胜似良药。那时候的鸡三天下一个蛋，全家人的生活经费，以及兄弟姐妹向学校缴纳的学杂费等都来源于那几只鸡，因此鸡蛋可不是随便吃的，如果有条件连续三天每顿饭能吃一个鸡蛋，身体别提有多壮实了。鸡蛋营养价值很高，因此鸡蛋成了看望产妇、小孩儿和老人的最佳礼品。一次，爷爷生病了，姑姑来看他，走时给爷爷留下两个鸡蛋，本来打算给老人补身子，当奶奶把那两个鸡蛋炒熟时，我和弟弟，再加上叔叔家的两个孩子都爬在爷爷跟前，爷爷夹一口鸡蛋，我们兄弟四个的目光跟着爷爷手里的筷子转动，口水流着，爷爷还没吃第一口，最小的弟弟就着急地问："爷爷，鸡蛋好吃吗？"爷爷笑着把夹起来的鸡蛋送进小弟弟嘴里，小弟弟边吃边吧唧嘴……接着爷爷又夹一块儿放在另一个弟弟的嘴里……就这样，爷爷没舍得尝一口，两个鸡蛋顿时就没有了。如今我和弟弟都长得近1.8米的高个儿，那可是上两代人省吃俭用的付出啊！每年春节后，我回老家祭祖，跪在爷爷的坟前禁不住落泪，那黄土堆里有童年挨饿的记忆，还有爷爷的疼爱……

上小学时，每到"六·一"儿童节中午，学校给每个学生发个烧饼，那烧饼当然不是白给的。每年三月学校就开始收"六·一"买烧饼的费用，可每年都是"六·一"已经过了，那费用还是收不齐，每年老师都为"六·一"没人交费而发愁；对于家长来说更愁，特别是家里孩子多的，上哪里去弄那些费用，所以家里兄弟姐妹多的只能两个或三个孩子分一个烧饼，那烧饼可真香啊！每到演节目结束后就等着中午那个烧饼了，一年也就那么一次机会，烧饼到手后两口并作一口就把它吃了。根本不用水，口水就完全能把烧饼融化，三天后手上还有烧饼的香味儿。

那时候，每天早上喝的是玉米糊糊，没有稠的一到中午就饿得受不了，母亲为了不浪费，总把锅底那层相对稠一点的给最后吃完的孩子。为了那一层相对稠的玉米糊糊，兄弟姐妹都等着最后吃完，因此上学总是迟到，老师找上门儿后，母亲改变了主意，她把那层给身体相对弱的孩子，最后又改成每天轮换……

夏季麦子快成熟时，大人把麦穗在手里揉搓，麦子的皮壳吹走，把麦粒放在孩子们的嘴里，嚼碎后有点像今天的口腔糖，那时候只是嚼着解饿，但很少有人咽下去。在麦田里，有些麦子生病了，长出来的不是麦穗，而是白色的"小棒棒"，掰开后，里面是黑色的，那时候小孩子都挣抢着吃，长大后我在一本资料中看到，那些"小棒棒"是有毒的。

那时候每年秋天，生产队的粮食堆得像小山一样，可分到家里却没有多少，每年都在青黄不接中忍受着。那时候小孩子们喜欢在河畔的沙滩上玩土，河滩上有些粉白色的胶泥被水浸泡后再经过太阳暴晒很像饼干，有的小孩儿玩时是假吃，而有的小孩儿饿急了真吃，和我们一起玩的一个小女孩儿吃得过多，肠胃严重受堵，在去往县城医院的路上就没命了。那时候家里孩子多，大人们忙，管不过来，孩子们每天都在"顺其自然"中活着。

每年深秋，大人们收土豆，小孩子找个隐蔽的壕沟架着柴禾烧土豆，感觉烧得差不多了，赶快从火堆里扒出来啃几口后发现里面是生的，啃不动，于是扔在火堆里再烧……然后再啃……啃得满嘴都是柴禾灰，用现在的话说，那些柴禾灰吃多了容易患癌症，可那时候人们哪懂癌症。

每年冬天，生产队的大草垛是孩子们玩耍的理想场所，他们在草垛里掏个洞，在洞里尽情地玩。一次，两个小孩儿在草垛洞里烧土豆，结果把草垛燃着了，两个小孩儿未能跑出来。草垛被烧后，牛羊在冬天里没有吃的，一场大雪后，牛马羊都饿死了，每家虽然分到几块牛羊肉，但那可是生产队最大的损失啊！没有了牛马只能靠人力拉车了。

粮食啊！经过那个挨饿年代的人才能体会得到粮食的珍贵，如今粮食问题基本解决了，但我们一定要明白："今天有的吃不等于永远有的吃。"一粥一饭，当思来之不易；半丝半缕，恒念物力维艰，让我们在生活中节约每粒粮食，有备无患吧！

此文章曾刊登于 2019 年 2 月由北京市商务局和北京人民广播电台联合编辑出版的《餐桌上的故事》书中。

墙头记

　　小时候，在戏窝里长大的我，年年冬天看戏，从排练到演出，反复看，其中有一部名为《墙头记》的戏，让我记忆尤为深刻。这部戏讲述的是：勤劳善良的张木匠，妻子早逝，他对两个儿子十分溺爱，自己含辛茹苦把两个儿子养大成人。大儿子名叫大乖，为人自私，生活精打细算，以做生意为业，日子过得很富裕，他的妻子李氏刁钻刻薄，夫妻两人都不愿意赡养父亲。次子名叫二乖，他略通文墨，为人虚伪狡猾，他的妻子赵氏过门儿时从娘家带来一份丰厚的家产，他们吃喝不愁，但二乖夫妇也不愿意赡养父亲。张木匠年近八十，年老体衰，不能劳动，不得不依靠两个儿子生活，可两个儿子都嫌弃他年老无用，不愿意赡养他，迫不得已，只好立下字据，以月为期限，两个儿子轮流赡养老父亲。由于月份有大有小，为此兄弟经常发生争执。一天，大乖按字据约定送父亲到二乖家门口，二乖夫妇认为大乖是在占便宜，在家里故意假装没听到叫门。大乖在门外大骂："叫你开门，你们不开门，你们全家死绝了！"无论大乖在门外怎么叫骂，二乖夫妇就是不开门。大乖无奈，又不愿意把父亲领回自己家，于是骗说要背着父亲走，张木匠误认为大乖孝顺，就顺从大乖，没想到大乖把他背起后放到了二乖家的院墙上，并对父亲说："要掉就掉到院墙里边，如果掉到墙外可就没人管饭了！"说完自己溜回了家。寒冬腊月，北风呼啸，张木匠又饿又冷，在墙上睡着了。此时，张木匠的忘年交王银匠挑着银匠器具走街串巷，忽见墙头上有异物，误认为是谁家的被子放在墙头上，上前一看把自己吓得翻了个跟头，爬起来自语："天呀！这寒冬腊月，怎么墙头上有个大活人。"再仔细看，竟然是自己的老朋友张木匠，他赶紧从墙头上把张木匠救下来。王银匠为人机智，很有正义感，二人交心后，王银匠对老朋友的遭遇十分同情，他眼珠一转计上心来，他要利用大乖和二乖爱财如命的习性，使他们赡养张木匠。王银匠从怀里掏出一块玉米饼给张木匠，让他先充饥，晒太阳，等着儿子们来接他回家。安排妥当后，王银匠分别到大乖和二乖家，以要账为名，说当年张木匠和自己合伙儿做生意，赚了好多银子，现在过来索要属于自己的那一份。大乖、二乖夫妇四人听说老父亲还有大量银子后惊喜万分，各自想赶紧把父亲抢到手，于是兄弟夫妇四人来到墙根处，东拉西扯地争夺父亲，最后还是按照张木匠提出的以字据为准，以月为期限，轮流抚养。

　　转眼两年过去了，这两年里大乖、二乖争着赡养父亲，希望父亲能把藏银子的地方告诉自己。张木匠表面上生活好多了，但内心深处的痛苦却与日俱增，因为他知道自己根本就没有什么银子，也不愿意在欺骗孩子中过日子，不久抑郁加重，重病缠身，在忧心忡忡中就要离开人世，大乖和二乖都想得到父亲的银子，当看到父亲快不行时，他们心急如焚地说："爹，您快说那银子……"张木匠叹息道："哎！看见那堵墙，就想起王银匠啊！"老人本意是老朋友王银匠设计让自己过了两年有吃有喝的好日子，而他的儿子和儿媳们却财迷心窍，他们误认为父亲将银子藏于墙根处，为了证实，他们兄弟俩又争着去找王银匠。王银匠得知老朋友病故后十分难过，大乖、二乖争相表达为父亲的后事准备齐全了，王银匠听后也放心了，他来到老朋友灵柩前哀悼一番打算要回去，可谁知他们兄弟夫妻四人却缠住银匠不放，一定要让银匠说出父亲是否藏银子于二乖家的墙根儿，王银匠听后十分生气，决心戏弄爱财如命的夫妇四人，便让他们去挖墙根儿。他们拼命地挖，结果墙被挖倒，他们四人被压在墙下，哭喊："银匠大叔救救我！"此时，王银匠分别啐了他们一口唾沫，然后扬长而去。

在中国艺术研究院上学期间，通过课堂学习和课后查阅资料，以及和我国著名戏曲评论家张永和先生在一起交谈，才知道这部戏竟然是根据《蒲松龄故事》创编的，它是中国劳动人民自我教育的智慧结晶。

《墙头记》凝结着张木匠一辈子生活的悲苦，同时更鞭挞不孝儿女的扭曲心理，此戏对于弘扬中华美德，培育尊老敬老家风有着重要意义。

家乡人排演《墙头记》，那是1982年前后的事情了，扮演银匠大叔、大乖、二乖等主角色的演员都是我们家族的叔叔们，那时父亲拉二胡为他们伴奏。每当我回到家乡见到他们，就想起家乡人排演《墙头记》那热闹的场景；同时《墙头记》戏曲也教育后人孝顺老人的心理，至今在我们家乡，如有哪家子女对老人不好，人们就劝说："不要像戏曲《墙头记》中的大乖和二乖那样对待老人哦！"

2017年3月6日

京郊大妈

  我习惯称她"大妈",那时她六十多岁,两个儿子已成家,分别住在前院儿和后院儿,大妈和十多岁的孙子住在中院。我,一个外地小伙儿,怎么就有一位北京大妈呢?

  说来纯属巧合。那年盛夏,为了求学,我背着行囊从桑干河畔第一次来到这茫茫人海的陌生都市。记得刚出北京火车站时,滚滚热浪袭来,人们仿佛置身于蒸笼中。好不容易挤上一辆开往学校的公交车,上车后我才知道那是北京的郊区。颠簸几小时后,昏昏欲睡的我,被阵阵隆隆的雷声惊醒。当我正望着车外的大雨吃惊时,售票员冲我大喊:"哎,背包的那位小伙子,我们的终点站到了,你该下车啦!"我慌慌张张地跳下公交车。下车后,在隆隆雷声和瓢泼大雨中,我几乎什么都看不清,凭着一点直觉,向一条小胡同里奔跑,心想,先找个地方避避雨。此时让人着急的是小胡同儿里的房子都是些小门楼,哪里有像家乡的屋檐?面对如此大雨,身上背着重重行囊的我根本无处躲藏,我沮丧极了,几经周折好容易找到了一个能勉强避雨的门口。此时,雨渐渐小了,可是远去的雷声中又添了些凉风,吹得细雨到处乱飞,在这冰冷的乱风乱雨中,饥饿的我只好紧紧地贴着门板，否则自己身上仅有的一点干衣服就全没有了。靠着大门不知过了多久，我又饿又累不知不觉地睡着了。当我从大口啃鸡腿和大口吃面条的美梦中醒来时，发现雨停了，风住了，太阳也从西边的云层中露出了半边脸。突然，我靠着的大门打开了，一不小心，我掉进了门内的雨水坑里，把身上仅有的一点干衣服全浸湿了不说，还把开门的大妈吓得差点儿丢了魂儿……

多少年后大妈还回忆："那天雨停了，我去开门儿，忽然从门外'掉进'了一位小伙子……"

自从"掉进"大妈家门后，我总算在这人来人往的都市里有了安身之地。大妈把一间小屋收拾出来，里面放了桌子和床，说："这孩子喜欢看书，给他一个安静的地方。"从那以后，我每天早上起来的第一件事就是帮大妈打水扫院子，时间长了，大妈十分喜欢我，每当有邻居来串门儿问那位小伙子是谁？大妈总是高兴地说："那是大雨过后，我捡到的儿子。"一次，和大妈年龄差不多的一位邻居阿姨出神地看着我，时不时回过头去插话："这孩子浓眉大眼的真不错，能捡到这样的儿子，你真有福气。哎！让他当我们家姑爷咋样？"此时，大妈打断了她的话："那不行，人家是来京城求学的，再说年龄还小……"

那时，在日常生活中，我不会照顾自己，很少买菜做饭，只知道自己年轻身体好，不吃饭也能顶得住，再说总是白吃大妈的实在不好意思，所以常常一天只吃一顿饭。三个月下来，原来一百四十多斤体重的我，锐减了一二十斤，一米七八的我，几乎剩下了皮包骨头，课后头晕目眩也是常有的事。为此大妈多次劝我："下课后要早点回家吃饭，人是铁，饭是钢，你这么大的个子不好好吃饭哪能行？"这些话在家时常听母亲这样说，没想到在这远离家乡的大都市里也能感受到这样温馨的母爱。

出门在外最怕的麻烦是生病，那年深秋天气突变，我感冒了。当我浑身疼痛，躺在床上不能动时，在睡梦中我隐隐约约听见大妈说："呀！这孩子今天怎么没去上课？"接着我住的小屋门儿被推开了，大妈伸手摸了摸我的额头，接着说："哎呀！真烫手，这孩子八成儿是感冒了。"没过一会儿，大妈又来了，她说："来！孩子，把这两粒感冒胶囊吃下，然后再把这碗热面条吃了，哎呀！看把你瘦的，这样下去哪能行！"说着大妈出去了。服下感冒胶囊，吃过热腾腾的面条后，我感觉浑身发热，接着豆大的汗珠顺着脑门和鼻梁滚滚下落，浑身的疼痛也随着热汗渐渐消失了……

光阴似箭，日月如梭，如今我成了北京居民中的一员。一个周末，正好是母亲节，我前往初到京城的那个地方，多年没见，我时常想起曾经给我温暖和关爱的好心大妈。当我开车行驶过那座小山包时，被眼前的一幕惊呆了，没想到往日的那个京郊小村庄和农家小院已经变成了高楼大厦。大妈她们上哪里去了呢？面对喧闹的市场和林立的高楼我无从打听，望着熙熙攘攘，人来人往的街道，我默默发呆……

至今我也不知道大妈叫什么名字，我只知道她是我心中难忘的京郊大妈。

我一直在打探着大妈一家的音信，幻想着哪一天能再一次"掉进"那个温暖的家门……

文章刊登于2013年8月8日《北京日报》文化周刊版"我的北京，我的梦"散文征文栏目。

叔叔的微笑

叔叔姓王，他的弟弟姓胡，听母亲说："他是二奶奶改嫁到胡家时带过来的，当时他和二奶奶来时，已经有自己的名字了，所以没改名字。"叔叔比父亲小两岁，他喜欢唱戏，每次村里演戏时他总是唱主角。虽然他是男人身，却经常扮演女主角，他在《打金枝》戏曲中扮演的金枝女简直是出神入化，一招一式的台上动作，没人能看出他是男人身，他的嗓音无论唱高音还是唱低音都是女子声音，一次奶奶问他："你的女声嗓音是天生的吗？"他回答："十二、十三岁变声时期发烧生病，病好了，嗓子就成这样了。"

叔叔唱戏时，父亲用二胡为他伴奏，他们在默契配合中成了非常要好的朋友，每年春节后，父亲总是邀请叔叔到家里来吃饭，叔叔也经常邀请父亲到他们家。

村里演戏时叔叔总让我帮他换演出服装，他还笑眯眯地对我说："一定要细心，帮叔叔系好带子，否则台上会闹笑话的。"叔叔在《铡美案》一戏中经常扮演女主角秦香莲，秦香莲的两个孩子分别是冬哥和春妹，家乡人演戏有个规定："戏曲开演时，临时抓个男娃和女娃分别扮演冬哥和春妹。"村里的孩子们都怕"被抓",一见大人要来抓演员,孩子们撒腿就跑。一次,我刚帮叔叔换好服装正要跑,忽然被叔叔身边的一位大人抓住,让我扮演冬哥。第一次上台我很紧张,叔叔抓着我的手随着乐队的节奏在台上差点把我转晕,也许是叔叔为了锻炼我,故意让我多转几圈。在慌乱中,我差点儿裤子掉了,赶紧一边提裤子一边顺着叔叔转。在台下看戏的观众见我在台上犯晕,乐得前俯后仰。母亲在台下一边乐一边对身边人说:"我们家三娃,我们家三娃……"下台后,叔叔笑眯眯地安慰我:"很好!台上练的就是胆略,第一次紧张,第二次就不紧张了。"一次,叔叔知道我喜欢吹笛子,他把我叫到身边说:"过来吹给叔叔听。"听着笛声,他笑眯眯地说:"很好!"上初中时,学校课程安排得比较紧,每次在路上遇到叔叔,他总是关切地问:"还吹吗?千万别丢下,坚持练下去会有用处的。"他边说边走,回头看着我,笑眯眯地走远了。

十八岁那年,我当兵离开家乡,在部队训练、战备、学习,一忙就是十多年。一次我回老家,我问母亲村里还唱戏吗?母亲说:"唱戏的人都外出打工去了,村里的戏班解散好多年了。"我问母亲:"叔叔上哪里去了?"母亲说:"听说他去广州打工了。"我说:"他那么大岁数,走那么远身体能受得了吗?"母亲说:"是啊!为了赚钱给儿子盖房子娶媳妇儿,没办法,只能如此,听说在那里的工地上卖苦力。"我想,叔叔身怀绝技,他肚子里有一百多部戏曲,我的一位同学在北京戏曲艺术职业学院担任领导,我想把他介绍到那里工作,能发挥他的特长,工作不累,收入也不低……我问母亲:"有他的联系方式吗?"母亲摇头说:"没有。"我去问婶婶,她说:"手机太贵,你叔叔买不起,没有联系方式。"

一年后,我在解放军艺术学院上学,岳父岳母来北京,他们住在海淀区马甸桥附近。周末我去看望两位老人,他们住六楼,一进家,我看到门口的垃圾袋满了,就下楼去扔垃圾,还有两个空塑料瓶子,顺便一起拿下去。当我快要走到垃圾桶跟前时,发现那里有位六十多岁的老人,他推了辆三轮车,那时正是初冬时节,他穿了件黑棉袄,浑身上下油光光的。

由于我从小生长于农村，每当看到那些人，我总想帮助他们。我把空瓶子放到他的车上，他看着我笑了笑，当我正要转身时，不经意看了一眼，忽然发现那微笑的脸庞怎么那么熟悉，当我再仔细看时，惊讶地发现原来他是叔叔，我连忙喊："叔叔！"他愣愣地看着我，停留几秒后，好像要答应我，可嘴唇动了动，没有出声，然后又笑了。在我印象中，他不怎么长胡子，虽然他没有胡子，但满脸是灰尘，除了有些邋遢外，没有什么变化，我认得清清楚楚，他不答应我，只是看着我微笑，我想难道是自己认错人了？停留几秒后他还是没有答应我，缓慢地推着三轮车走了，还时不时回头看着我笑，望着他远去的背影我站在那里纳闷儿，就是他呀，他怎么不答应我？难道是我穿着军装，加上一激动我忘记用家乡话喊叔叔？家乡人称叔叔为伯伯（bai bai），按照中国传统文化称谓，父亲的弟弟称呼叔叔，可家乡人不知道什么时候称呼反了，世世代代都反着称呼，我称呼他叔叔，难道他没有听懂，他没有认出我？

第二年春夏之交，我回老家，看到地上有一堆纸灰，痕迹还很明显，我想肯定是家乡有老人去世了。我问母亲："谁去世了。"母亲说："是叔叔，他从北京回来后患了肺癌，医治无效，很快就去世了。"我接着问："他不是在广州吗？"母亲说："广州赚不到钱，他到北京后找不到合适的工作，听说在北京海淀区马甸桥附近收废品。"此时我忽然醒悟，自言道："哎呀！果然是他。"我想，当时我喊他，他怎么不答应一声？假如他当时答应一声多好，那时正是中午，大冷天，也不知道他吃到饭没有，喝到水没有，假如那时我让他进家，他不进，我找个饭馆，请他吃顿饭，为他斟一杯酒，也好让他暖暖身子呀！

第二天，我在街上遇到婶婶，她说："你叔叔病重期间，还笑着说，他在北京一个居民小区里看到你了，说你有出息，穿着军装，非常精神，讲的还是北京话，他还说，估计你的家就在那小区里，中午了，他自己身上的衣服好长时间没有洗，城里人爱干净，他不好意思去你家，你喊他，他没有答应……"听到这里我鼻子一酸，赶紧回头摸了把眼泪，情不自禁地喊了声:"叔叔!"

如今许多年过去了,叔叔那期望和祝福的微笑,仍然留在我的心中。

2018 年 12 月 6 日

母亲

2007年7月20日,是个星期五,对我来说是个伤心的日子。忙碌一天的我回到家已是晚上九点左右,浑身疲惫,正想躺在床上休息,忽然接到二嫂打来电话:"三弟,收拾东西准备明天一早回家,咱娘病逝了。"面对电话里传来的噩耗,我真不知该做些什么,母亲的音容笑貌仍然呈现在我的心里,我怎么也不相信二嫂说的是真的,更不能相信自己的母亲会这样离开我们。

第二天,我向单位领导请假后,以最快的速度驾车驶向老家。刚进村,见门口有许多人出出进进,大家议论:"三娃儿回来啦……"我匆忙下车看到堂屋里香烟弥漫,于是心里更加着急,想亲眼看一下日思夜想的母亲,刚进院子就听见有长辈喊:"既然回来了,就向你的母亲跪下吧!"我扑腾一声,按照兄弟顺序跪在二哥的身后,禁不住泪如雨下……

家乡人相信:"人有灵魂。"可自从我回到家,白天我用泪水呼喊母亲,夜里我总盼望会像小说《聊斋志异》中写的那样:"母亲在云雾缥缈中进入我的梦乡……"可是每到天亮,头脑总是空空的。母亲已经入土了,今天是在老家的最后一个夜晚,明天一大早,我和哥哥、弟弟就要各奔东西了。夜晚睡觉前，我心里呼喊："娘啊，如果您在天有灵，就来看看我吧，明天我就要返京了……"我刚躺下，忽然发现前几天晚上睡觉前没顾得关灯，心想难道前几天没有梦到母亲与开灯睡觉有关？我今夜特意把灯关上，在黑暗中等待，如果母亲在天有灵肯定会来看我的。家乡的老人们说灵魂的形象十分可怕，但是我认为自己的母亲没有什么可怕的，即便是母亲真像传说中那样变了模样我也不会害怕，那毕竟是自己的母亲。第二天一早，侄子把我从睡梦中叫醒，我赶快回想昨夜梦到了什么，遗憾的是昨夜我还是没有梦见母亲。

在返京的路上，我边开车边怨恨自己是不孝之子，自从十八岁当兵离家，如今二十多年过去了，在这二十年当中，母亲生病时是我在部队最忙的时候，母亲晚年都是哥哥、姐姐和弟弟照顾的，母亲临终前也没有见到我，听哥哥说母亲在临终时还喊我的名字。

小时候，家里弟兄多，那时候家里只有一个院子。当地婚俗规定，儿子长大结婚成家时必须有一套独门独院的房子，我们家兄弟四个，这就需要四套房子，从当时家庭经济情况来看，建四套房子根本不可能，因此盖房子和娶媳妇成了父母的大难题。当时母亲一方面拼命干活攒钱；另一方面想找个算命先生预测一下孩子们的未来。一天村里来了一位盲人算命先生，母亲怀着算还是不算的矛盾心情，犹豫了一阵儿后，还是决定拉着我的手鼓足勇气上前直截了当地说："我主要关心我们家娃儿们能否都娶到媳妇。"……当那位算命先生说到我时，他的右手拇指和食指再次不停地做着数钱的动作，母亲赶紧掏出十元钱塞到他手里，然后他摇头晃脑地说："啊！这个这个，日出卯时弟兄多，您家有四个儿子，一个女儿，您家三娃前世是寺庙里抄写经卷的和尚……"村里有些光棍汉晚年无依无靠，他们生活十分悲惨，母亲最担心的就是娃儿们不能全部娶到媳妇，当听说自己的三娃儿前世是寺庙里的和尚时，母亲心里更是着急。以前奶奶带着我，让我们家族的一位大太太给我看过手相，也说前世为寺庙和尚，为此母亲一直担心，这次算命先生也这样说，母亲心想，我的三娃儿今生

"打光棍儿"是命中注定了。回到家后，母亲在父亲面前唠叨此事儿，正要吃饭的父亲听后把筷子立刻放下，生气地说："你这个睁着眼的人，怎么被闭着眼的人给蒙骗了，他那套鬼话你也相信？"母亲听后接着说："算命老先生还说，只要咱家三娃儿进寺庙不拜佛，就能改变他的今生命运，另外如果咱家三娃长大后能到部队当兵，那里会有贵人相助，定能娶到媳妇……"父亲听后更加生气地接茬说："那个算命的尽说废话，能被部队挑选走，无论从身体素质，还是文化来说，都是上等青年，还能发愁娶媳妇儿？关键是能去部队不！"十八岁那年，我入伍参军了，2000年我在解放军艺术学院上学，寒假期间学校组织学员到河南新乡部队实习，利用周末我和几个同学到登封县（现为登封市）嵩山少林寺观光。在寺庙的院子里有位年龄偏大的和尚从石头台阶上下来，本着对长者尊重，我上前搀扶他，他微笑着对我说："呵呵，我知道你会搀扶我的。"我问："您怎么会知道？"他说："你今生虽然不信佛，但是你的前世是寺庙里抄写经卷的和尚，你今生心地善良，做事儿认真，酷爱书法，懂音律，喜收藏，善读书，能写作，这都与你前世经历有关……"因为我不相信那些人生轮回的佛家理论，所以我打趣问他："您能告知我曾在何处为僧吗？"他听后认真地对我说："那个地方如今不存在了，你今生身上虽然有佛的影子，但是你不信佛，更没有必要打听那个地方啦！"这是第三个人这样说，但我只是把这些当笑话而已。那时自己已经接近三十一岁了，个人婚姻大事儿仍然没有确定，当时我属于村里可数的光棍汉之一，为此年过花甲的母亲特别着急，白发日夜倍增。多年后听姐姐说："那年母亲瞒着父亲冒着大雪，让我陪同走几十里山路再次去找那个算命先生，那时算命先生已年近八十岁了，母亲说明来意后，算命老先生说：'算的人太多，不记得啦，麻烦再说一下您娃儿的生辰。'母亲说过后，算命先生说：'啊！日出卯时弟兄多，您家有四个儿子，一个女儿，您家三娃虽然今生不信佛，但是他前世是寺庙里抄写经卷的和尚，他今生今世此乃上等文化人士，他的婚姻大事儿不用发愁，目前正在顺利进展，明年十月自然而成，您放心吧！'"那年"五·一"假期过后，我和爱人领取了结婚证，当我把爱人的照片寄回家后，母亲手捧照片翻来覆去看了好几天。母亲一生为儿女操劳，当她听说我爱人有身孕时，她不顾病痛折磨，日夜为将要出生的小孩子缝被褥、缝衣服、做鞋子。那年春节，母亲病得很重，虽然多次手术，但都无济于事，母亲白天黑夜只能坐着休息，但她仍然在为将要出生的小孙子缝被褥、缝衣服、做鞋子。在我返京那天，母亲用肿得发白的手，拿出一个包得整齐的布包对我说："三娃啊，这是娘前些时为你小孩儿赶做出来的被褥、衣服和鞋子，你哥哥、姐姐和弟弟的小孩儿都有被褥、衣服和鞋子了，你结婚晚，所以娘最后一个为你小孩做了这些被褥、鞋子和衣服，这次你把小孩儿的被褥、鞋子和衣服都带走吧，你的小孩儿现在还没有出生，他是什么样的，估计娘是见不到了……"望着母亲的满头白发和肿得发白的手在不停地整理被褥、鞋子和衣服，我的眼前一片模糊……

回到京城的第三天，"八·一"建军节快要到了，单位有许多工作要做，白天我总是忙忙碌碌。一天夜里，在睡梦中我隐隐约约梦见母亲双手捧了一碗热气腾腾的粥，来到了我的面前，对我说："三娃啊，听说你媳妇儿有身孕了，前些时娘比较忙，没来得及为她熬粥，今天娘特意为你媳妇儿熬了一碗粥，快让她喝了吧，这粥是用小米、黑芝麻、黑枣、花生和核桃熬成的，孕妇喝了能补身子，对母子都好……"当我在梦中接过母亲的粥时，发现母亲渐渐走远，在睡梦中我拼命追随母亲的身影，拼命呼喊："娘啊！再让我看看您，再让我看看您，再让我……"回京的第三天，我梦见了母亲，是母亲在天有灵，还是母子亲情的传递？母亲啊！

  2008年7月20日，此祭文起草于母亲去世一周年之际。

第四辑　漫步山林

神秘的大峡谷

西坪村西南方向的深山峡谷中，有八十一个大小不同的山洞，当地人称那些山洞为"象光洞"。传说最深的山洞可以穿越北京八达岭直达门头沟，长约一百三十公里。由于山洞深长，光线微弱、氧气稀少，很少有人穿行到北京门头沟。

小时候，我听父亲讲："象光洞寺庙里曾经有师徒两位僧人养了一头耕牛跑进了山洞，为了追回耕牛，他们师徒进山洞，不知走了多长时间，在昏暗的山洞里看到了大河、星空、在远处的星空下面隐隐约约有村庄，村庄里还偶尔传来几声狗叫……"长大后，我多次思考这些传说，最后得出结论：山洞里有河是可能的，但不一定有星空、村庄和狗叫声，很可能是师徒两人穿越山洞到达某大山的洞口时，正是深夜，他们看到的星空、村庄和听到的狗叫声是山洞外面的世界，在深夜里他们误认为是山洞内部了。

村子里的老人讲：是唐朝魏征亲自选定那大峡谷深处的山洞修建象光洞寺庙，与河南省登封县（现为登封市）嵩山少林寺为兄弟建筑。清朝以前，象光洞寺庙灯火辉煌，佛像高大，香烟缭绕，僧人众多，拜佛的人比肩继踵。新中国成立前夕，寺庙被土匪霸占，僧人四处逃命，寺庙容貌惨遭破坏，只留下一些唐代的碑文和破旧的佛像，从那以后桑干河大峡谷变得更加神秘。特别是冬天，那里荒草萋萋，冷风呼啸。有一年春节前夕，从桑干河大峡谷西面的阳原县化稍营镇泥河湾村来了一位做小买卖的商人，他说："自己路过大峡谷山脚古庙遗址时，看到有人穿着唐朝服装在那里行走。"多少年后我想："可能是冬季少量阳光照射幽静的峡谷，自己在害怕的情况下产生幻觉了，另外也可能是他自己编造了谎言。"

20世纪70年代末，每到盛夏，有人进大峡谷打鱼。那时河水很大，河面宽有一百多米，河水最深处有三十多米。桑干河水快速由西向东奔流，在大峡谷的古庙遗址附近遇到大山阻隔，在大山脚下形成一个巨大的漩涡，据说那里的水最深，那里的鱼最多。为了弄到鱼，人们把自制的炸药投入漩涡，炸药爆炸后，他们在河下游的浅水处等着，被炸晕的鱼接二连三地顺着河水漂流而下，人们使用竹筐把鱼捞上岸，有的鱼可达五斤多重，嘴馋的人们可以饱食自然鱼。

我刚上小学的时候，母亲和邻居去大峡谷古庙遗址处烧香，有人说："在那里烧香能治百病……"至于能否治病我并不关心，当时我最关心的是母亲从大峡谷采摘回来的野果，香甜的野果味道很美，可惜并不多，我和弟弟只能一人一个，至今我还在回味那野果的香甜。

一年春节期间，弟弟和几个同伴进大峡谷玩，回来后他告诉我："他们进了大峡谷古庙遗址的山洞里，看到山洞的墙壁上有好多古字；另外他们在山洞里还看到有烧纸的痕迹、一些点心和水果供品，旁边还有一只活灵活现的大公鸡，他们把大公鸡解开绳子放了。"我当时听后感觉很神秘，可长大后心想：拜佛的人很虔诚，他们辛辛苦苦把鸡养大，舍不得吃，贡献给佛祖，可佛祖不吃，最后被那几个淘气的孩子给放生了。

一年我回老家，听大哥说："离大峡谷最近村子里的表哥去世了。"我听后惊讶地问："表哥年龄不大，姑夫还健在，表哥怎么说没就没了？"大哥告诉我："那年表哥的儿子到谈婚的年龄了，当时表哥一门心思想给自己的儿子盖一套新房子，给儿子娶媳妇住。春节期间，表哥进大峡谷拉石头，准备做新房子奠基。当他把石头拉回家时，发现其中一块有棱有角的大石头特别好，看上去像汉白玉，当他擦掉灰尘仔细看时，发现那块石头上有字，他再仔细看时发现石头上刻着：'……方丈生于公元……'于是他十分惊恐：'天呀！这大过年的，怎么把方丈的墓碑拉回家了，怪不吉利的。'于是他赶紧送回原处，回到家时表嫂唠叨：'不仔细看看，大过年的竟然把方丈的墓碑拉回家，真晦气……'深夜，表哥做了个噩梦，他梦到方丈在阎王面前控告：'这大过年的，有人打扰我休息，还拆我的家园……'没多久，表哥生病身亡了。"那年我在解放军艺术学院读书，课堂上老师给我们讲："摩崖石刻、敦煌……"从那以后我对古汉字很感兴趣，为此我专门去找表嫂，问："你知道表哥当时把那块石碑送到哪里去了吗？我要对那块石碑进行'探索与发现'，把那些碑文拓下来供后人临摹，发展中国汉字文化；还可以通过碑文去推断古庙建筑的准确年代，对唐朝历史和建庙数量等都会有新的发现……"表嫂听后十分惊恐地看着我说："三弟呀！你怎么问那些，你不想活啦？你表哥就是因为那块石碑莫名其妙去世的……"第二天，姐姐告诉我："表哥出殡那天，早上天气还好好的，可当棺材刚抬起时，忽然从山后来了一团乌云，接着就是倾盆大雨，把抬棺材的人淋得眼睛都睁不开，衣服都湿透了。在大雨中，不知谁说了一句放下歇一会儿，话音未落，只听'咣当'一声，然后棺材落地裂开了，也许是在大雨中抬棺材的人们放得过快了，表哥的尸体从裂开的棺材中滚落出来，当时人们顾不下避雨，在大雨中赶紧把尸体往棺材里收，人们忙作一团，此时不知是谁气得直骂：'他娘的，什么恶神，我们农民再不对，也不能这样报复我们！'说来也怪，当那人骂完后，天气忽然晴了，太阳从云后露出了半边脸，于是人们赶紧重新抬起棺材向墓地走去，匆匆忙忙把表哥埋了。"听后我想："一切都是大自然的巧合，在这个世界上能有什么鬼神，我只相信科学。"

20世纪80年代初，我和几个小伙伴去阳原县化稍营镇赶集卖杏子。

下午返回时，我们沿着桑干河大峡谷南山脚下一路向东。那天下午，没进大峡谷时天气还晴朗，可刚进大峡谷，天空忽然乌云密布，紧接着雷声大作，那响亮的雷声与桑干河水流声交织在一起，在阴暗的大峡谷里回声荡漾，形成了立体式的恐怖。当我们正要找山崖避雨时，忽然有个小伙伴指着对面的山顶喊："啊！快看……仙女……"我顺着他手指的方向看时，发现对面山顶和乌云连接的地方有一位身着洁白纱裙的女子飘然而去，约五秒钟后消失在山顶的云层中……不一会儿大雨弥漫了整个大峡谷。当我们躲到山崖下时，雨很快变小了，那些乌云缓缓向东方移动的同时雷声也渐渐远去，西边天空的云层中透出了太阳光芒，此时我向东一看，忽然发现："东方有一条大大的彩虹，弯弯地从天空中伸向桑干河水，好像一根大管子从河中向天空抽水……"我不经意把目光再次转向我们对面的空中，此时更加惊讶地发现："啊！对面空中的云层里出现了美丽的楼阁，那些影子不知是从什么地方折射过来的，在桑干河大峡谷的雨后空中'显灵了'。"

前年，著名作曲家钟声老师说："咱们给桑干河写首歌曲……"此时，我忽然想到那记忆犹新的桑干河大峡谷下雨前后的情景，于是在歌词中写道："……我看到了仙女在象光洞里行走……"

神秘的桑干河大峡谷啊！你的自然巧合总是让人捉摸不透，让人浮想联翩，你是大自然鬼斧神工的杰作，也是世人神秘的话题。

2013年6月25日

我读《太阳照在桑干河上》

文学界同行和我初次交谈时,总说我身上有股土味儿,接着问我是什么地方人,当我说自己生长于桑干河畔时,对方就会问丁玲的名著《太阳照在桑干河上》是写你们那里吗?我说:"写的是我们老家东边十五公里的地方,涿鹿县温泉屯村。"此时对方会两眼睁圆,双唇间发出几个音:"哦,明白了,难怪你的笔名为桑农!"其实,之前我并没有认真读过《太阳照在桑干河上》,在解放军艺术学院上学期间,读了三章就停下了,那时感觉没有什么吸引力。有一年"十一"长假期间,我开车回老家,在高速路边无意发现牌子上写着"丁玲纪念馆",就决定去看看。在涿鹿县附近驶出高速,进入新保安镇后按照车上的导航前行。村里的道路十分难走,车底盘几次被碰得叮咣乱响,导航上的路线指示标几次消失,下车问路,好多人说不知道。经过一阵周折,才到了温泉屯村,丁玲纪念馆就坐落在村子南端的一户农家院里。站在那里我不禁在想,当年丁玲住的农家院一定很破旧,如今当地政府在原址上修缮成了纪念馆,村子的街道干干净净,整整齐齐,好漂亮啊!走进纪念馆,里面没有什么人,我正要进另一个小院,忽然身后有人质问:"干什么?"我回头看时,一位小小的男子站在我身后，从相貌可以看出他已经是成年了，但是个儿不高，因此我尊称他"小哥哥"。我问："小哥哥，你是干什么的？""别管我干什么，你先告诉我你要干什么！"他看着我问。我笑着说："小哥哥，我参观学习一下可以吗？""可以，请！"说完，他做了个手势。我进了左手边的小院，边参观边想：当年丁玲就住在这里，虽然现在全是新修的，但是有总比没有好。院子里有碾子，那小小的房间里还有小锅和小鞴（读bai，第四声）。房间墙上挂着图片和文字史料，从中得知："丁玲的母亲和向警予是好朋友，丁玲童年时期向警予经常去她们家，我想也许是受向警予影响，丁玲走上了文学道路。参观结束后，我开车要走，那位"小哥哥"又出现了，他过来主动给我开车门儿，并且彬彬有礼地说："再见，欢迎再来。"此时我想：这乡村文化站的领导还真会安排，选了他在此担任接待工作，还真有乡土特色。

回京后，丁玲纪念馆时刻在我脑海萦绕，我忽然想起书柜里还保存着一本《太阳照在桑干河上》，赶紧拿出来，每天上下班在地铁里看。也许是亲自深入温泉屯村的原因，这次阅读感觉不同了。丁玲虽然是南方人，她却把当时温泉屯村的方言写得很像，如当地人说不知道，会习惯地说成"闹不机密。"丁玲虽然多处写成"闹不精米"，但也是那个意思。更有趣的是，在《谣言》那章里，区里派来的干部杨亮走进农家小院儿，闻到有股特殊的味道，感觉好奇，正要进去看看，发现屋里有位小脚老太太用嘴给他做了个动作，意思是让他出去，他没有出去，向屋里看了看，发现屋里香烟缭绕，炕上有个身穿白衣的女人安详地躺着，娇声娇气地喊："姑妈，把人们刚才送来的葫芦槟（桑按：葫芦槟是苹果的一类，当地村民称呼槟子，在《太阳照在桑干河上》第二十四章的果树园里有详细描述）拿到屋里吧！"杨亮正想往外走，那个小脚老太太突然厉声问："你找谁？你来干什么？"杨亮不知怎么回答，此时忽然那个刚才躺着的妇女已经站在走廊上，她一身雪白的洋布衫，白色的裤筒下露出一双穿着白鞋的脚，脸上抹了一层薄薄的白粉，手腕上带了好几个银钏儿，黑油油的头发贴在脑盖儿上，剃得弯弯的眉也描黑了，瘦骨伶仃的，像个吊死鬼似的叉开双腿站在那里。她看见杨亮，丝毫没有改变她慢条斯理的神情，笑嘻嘻地问："你找谁？"此时杨亮不知说什么，好像看到了妖怪似的，自己吓得出了身冷汗，赶紧往外走，忽然李昌从小巷钻出来，一把抓住他的手哈哈大笑着说："看你这个同志，你怎么会跑到那个地方，那是有名儿的女巫白银儿，诨名白娘娘，她和她的姑妈都是寡妇，经常'请神给人看病和算命'，当心白娘娘神魂附在你身上，哈哈……"丁玲深入生活的描写真是太到位了，在桑干河两岸古老的村庄里确有此事儿，在我们家族里有位大太太，她就是干"请神给人看病和算命"行当的。她和我奶奶是同龄人，只是因为她的辈分儿要比奶奶高一辈儿，在我们家族里排行老大，所以我们兄妹称呼她大太太，这是对长辈的尊称。大太太经常和我奶奶在一起，我奶奶特别相信她的神话理论。一次，奶奶对我说："过来，让大太太给你算算，说着把我拽到了大太太面前，大太太拉着我的手双眼一闭，"啪嚓"打了个喷嚏，把我吓了一跳，奶奶在旁边说："别动，要显灵了！"此时大太太说话语音和声调完全变了，她闭着眼说："嗯，这孩子手掌短，手指长，长了一双艺术家的手，将来靠这双手吃饭，他双耳肥大，此乃有福之人，常言道'耳朵垂腮，衣饭自来'，不用发愁吃穿，这孩子前世是寺庙里抄写经卷的和尚，今生仍然为文化人士……"对于这些理论我一直不相信，但从小说的细节里确实能看出当年丁玲细微观察的能力和精妙的抒写技法。

《太阳照在桑干河上》是一部描写新中国成立前夕，温泉屯农民心理变化的书，多年以后人们想了解那个时代的农民生活，就得去认真阅读此书。一个村庄能有一部完整的小说详细记录一个时段的村史是非常难得的，此书年代越久越会显得弥足珍贵，它将会成为我国史学文化宝库中珍贵的史料文学。温泉屯，当地人习惯称暖水屯，它是当时北方农民热爱土地，热爱村庄，追求幸福生活的缩影。

在人群云集的地铁里读着《太阳照在桑干河上》，我仿佛看到当年农民闹土改,敲锣打鼓送儿去当兵的热闹场景;仿佛看到桑干河畔洒满阳光的果树园里,果树上密密麻麻垂吊着深红、浅红、深绿、淡绿、红红绿绿的硕大果实;仿佛看到一轮明月挂在夜空,桑干河水翻银波;仿佛看到桑干河冰面上,孩子们滑着冰车奔跑,他们边跑边兴奋地喊叫着;仿佛看到清清流淌的桑干河水里,男孩女孩们在相互泼水、嬉笑、打闹;仿佛看到夕阳映照桑干河,两岸绿树葱葱……

千百年来,农民的命根儿就是土地,农民为城市人耕种粮食,城市人为农民创造文化,大自然潜在的规律使这个庞大的人群共同体形成了人人为我,我为人人,谁也离不开谁的密切关系。

走进温泉屯村,仔细观察,展开联想,就不难读懂《太阳照在桑干河上》。

此文章发表于2017年12月《芳草地》第二版散文栏目。

我想去云南

　　文友说:"自己的著作《心上居青》获"中华宝石文学奖提名奖",我顿时来了兴趣,想方设法买了一本,在上下班途中的地铁里阅读,书中美文《动情洱海:那一场风花雪月的浪漫》映入眼帘,此文章是写云南洱海的,不知是云南洱海美,还是书中的文章美,我想肯定是两者都美!读了这篇美文,不由得让我想起二十年前,我在某部连队担任男女兵混编连队指导员的往事。那时候云南籍男兵女兵特别多,一有空他们就给我讲自己的家乡西双版纳……自己的家乡洱海……他们为我讲述上关风,下关雪,仓山花,洱海月……他们为我讲述美丽的仓山姑娘为了阻挡瘟疫,爬上仓山顶化作了白雪山峰……

　　一次,一位云南籍小女兵绘声绘色地为我讲述:"很久以前,村寨里有位美丽的姑娘名叫阿珠,她特别会唱歌,经常为村民们演唱。一天,住在深山里的恶魔听到阿珠的歌声后,驾着乌云把她抢到山洞,让她只能给自己唱歌,可阿珠不愿意服从恶魔的指令,于是恶魔割掉了她的舌头,将她扔到深山喂狼。当阿珠醒来时,发现自己没有了舌头,再也不能歌唱时,伤心得大哭起来,泪水汇成清泉,在清泉流过的地方长出了一片竹林。这时飞来一只美丽的白鹇鸟,当那只鸟落到她身边时转眼间变成了白发苍苍的老人,他慈善地看着阿珠,伸手从竹林里取了根竹子,拿在手里摇晃两圈后,那竹子变成了一件乐器,老人温柔地说:'小姑娘,莫悲伤,它可以帮你表达心声。'当老人把阿珠送出深山,阿珠回到村寨时,村寨里的人们将她围住,问她遇难经历时,阿珠含着眼泪为大家吹奏白发老人赠送的乐器,这时人们发现阿珠不会说话了,人们听着悲伤的音乐禁不住流下了伤心的眼泪。从那以后,人们为此乐器取名为'巴乌',这种乐器在村寨世世代代流传,被家乡人称为会说话的乐器。"一次联欢会上,云南籍小女兵为战友们吹奏了自己家乡的乐器——巴乌,那凄美的故事和柔美的音乐在战友们心中生根发芽。

关于我国云南的来历,自古以来说法很多,但在我心中为:"彩云从南方飘来,故事在那生长,淳朴在那里汇集,音乐在那里飘动,舞姿在那里婀娜,美丽在那里绽放……"

云南的葫芦丝名曲《月光下的凤尾竹》,那如丝绸般细腻的音乐色彩更是令人陶醉,一听到那美丽的声音,我立刻就想到了"云南"。在睡梦中我经常梦到:"月光下面的凤尾竹,轻柔美丽像绿色的雾,竹楼里的好姑娘光彩夺目像夜明珠,余音缭绕,竹楼掬月,好一派农家盛景啊!"

有一次,当代著名青年歌唱演员王新燕告诉我:"我国民歌《小河淌水》唱之情真真,奏之意切切,该歌曲充分体现了原始古朴净土的生态之美,律动之美和意境之美……据说这首歌曲是从云南大理白族自治州弥渡县深山生长出来的,优美舒展的旋律令世人瞩目,被西方许多国家选为音乐教材,成为世界歌曲宝库中的璀璨明珠。"听了王新燕的讲述和演唱,我仿佛看到:"亮汪汪的月光洒满了云南的高山、小河、竹林和村民居住的小屋……"

云南还是历代文人中心的孔雀圣地,那里不仅有象征吉祥幸福的神鸟孔雀,更有丰富的孔雀舞蹈,记得我上中学时,电视上杨丽萍老师表演的《雀之灵》深深地吸引了我。

在连队带兵时，我就发誓将来一定要去云南看看，可那时在部队保卫祖国，没有机会，转业到地方后，由于工作忙至今也没有机会去。

今天在地铁里阅读到了美文《动情洱海：那一场风花雪月的浪漫》，更唤起了我对云南的向往。云南啊！令人痴迷，令人陶醉……

我——想——去——云南！

2020年7月16日

河东的那些村落

2020年10月3日是个天气晴朗的日子，八十五岁的父亲想去河东看看。桑干河北岸通向东面的路很少有人走了，我们开车到桑干河南岸的王家湾村，那里是乡政府所在地。从桑干河南岸的山脚下我们一路向东，首先出现在我们面前的是大山脚下的李家湾村，此村位于王家湾乡政府东1.8公里处。明以前建村，李姓人最早来此山湾处定居，渐成村落，如今村子仍然人丁兴旺。

我们接着向东，"赵家"两个字在路边的阳光下格外醒目，此村位于王家湾乡政府所在地东北偏南4.7公里处，赵家村的牌子在桑干河南岸，村子在桑干河北岸，顺着小桥向北望去，大山脚下的那几间房子就是赵家村了。在赵家村东北的1公里山湾处还有个小小的村落，远处只能看见大山脚下树林中隐藏的那几间小房子，最早张姓在此地定居，故名张家湾村，由于人少，所以人们称那里为小张家湾村。我们上中学时，那里的同学们经常自豪地说："玉皇大帝就是从我们村升上天空的！"

沿着桑干河再向东是胡家庄村，当地人称："胡庄子"。此村距离王家湾乡政府所在地6.8公里。明初山西胡姓来此定居，在桑干河畔，胡姓村落还有西坪村，这两个胡姓村落与全国胡姓同为一个祖先，这里胡姓是明初从山西省洪洞县大槐树下迁徙过来的，西坪有裴姓、任姓、王姓等外姓居住，而胡家庄外姓很少，我们上学时发现胡家庄村有的同学父母都姓胡。桑干河畔的先民很早就懂得当村子落定，就赶快引外姓进村，这样有利于子孙繁衍，村子里姓氏越杂，村子越兴旺发达。不知什么原因，多年来胡家庄一直是个同姓聚集，外姓很少的村落。

再向东是阎家村（村里口碑文是"闫"，而1991年12月宣化县人民政府地方志编纂委员会编纂的《宣化县志》记载为"阎"，文章以1991年12月的地方志为准），此村距离乡政府所在地6公里，明以前建村，位于桑干河南岸，与李家咀村隔河相望，李家咀村是桑干河北岸的一座小山推出来的，所以称李家咀村。在过去的岁月里，两村之间没有桥，多少年来河中间由一条缆绳连着，粗粗的缆绳下吊着一个箩筐，人坐在箩筐里等着对岸拉缆绳过河。当有人需要过河时，那人就站在河边大声喊："哎——我要过——河——谁来拉我。"对岸的人正在干农活，听到喊声赶紧放下手中的农活，跑到河边大声回答："我——来——拉——你——过河！"那人过河后憨憨地笑笑，以此来表达感谢，然后各自走开。如果遇到河中涨水，过到河中央缆绳忽然压断，那就得看落水者是否会游泳，如果不会游泳，就只能随着大水向东进入官厅水库了，这种意外虽然曾经有过，但不多见。有的人过于肥胖，坐在箩筐里把缆绳压低，被河水浸泡了屁股是经常有的事儿，过河后虽然有些尴尬，但是也得对河岸拉缆绳的人微笑致谢。

顺着桑干河南岸的小路再向东走，我们来到了"郭家村"，此村距离王家湾乡政府所在地9.3公里，明以前建村，因郭姓多，当地人称"郭家里村"。父亲回忆说："在此村东面两公里的大山梁上还曾经有一个小村落，明代王姓来此建村，当地人称王坡梁。那里信息十分闭塞，因此那时流传一首歌谣：'王坡梁过大年，张几张罗初二三。'在那个通信不发达和日历本不多见的年代，那里的人们经常错过过年时间，20世纪50年代初那个村子的七户人家搬迁到了郭家村。

目前郭家村是宣化区最东端，郭家村大桥以东就是涿鹿县地界了，涿鹿县最西端的村落为西窑沟村，此村又名石湖沟村，我们顺着桑干河北岸山脚的小路把车开到了村口，树林里好像只有几间可数的房子，那就是整个村落了。村口有条通向东方的公路，父亲指着那条伸向东方的公路说："东面山脚下就是东窑沟村了，那里的人们以烧窑为生，桑干河水曾在那里聚集，那里的水土非常适合烧缸，我年轻的时候曾经去那里背过两次缸，桑干河北岸有个很长的山洞，凌晨四点进山洞，下午三点左右出山洞就到东窑沟村了，长大后听说山洞坍塌不能走了……"顺着父亲手指的方向，我向东望去，看到东面的大山脚下有些红色的房子，我估计那就是东窑沟村。回到家后，说起背缸的往事，大哥回忆说："20世纪70年代初，那时我还不到二十岁，我跟着村里的男子汉们去东窑沟村背缸，夜间十二点出发，四人用一个手电，我们顺着桑干河南岸的悬崖峭壁小路行走。"我听后好奇地问："为什么是夜间出发，白天不可以走吗？"大哥说："那时候桑干河水很大，顺着河道向东奔流速度也非常快，白天从山崖小路向下看，容易让人头晕，只能选择没有光亮的夜间行走，天亮时到达东窑沟村。在那里的大山脚下，满院子都是缸，有大有小，与我同行的大人们会挑选，他们用手弹弹，听听声音就知道质量好坏，好缸声音十分清脆响亮，缸的用途不同，质量和价格也不一样，腌咸菜用的缸三元钱一个，存放粮食的两元五角钱一个，那时候的三元钱相当于现在的三百元。存放粮食的缸不能用作腌咸菜，否则会向外渗水，腌出来的咸菜味道也不行，专门腌咸菜的缸可用上百年不向外渗水，腌制咸菜的过程中不用换水，年年吃，年年往里加菜，老汤腌出来的咸菜味道十分鲜美，因此腌咸菜的缸要求质量非常高，卖主现场给讲解得很清楚，货真价实，绝不能让买主发生误会。背缸回来时要走一大段低矮的悬崖山路，那段路只能蜷腰蜷腿行走，因此回来时走得比较慢。夜间走山崖路，耳边的风呼呼地吹着，桑干河水在夜间就像狮子一样吼叫。在路上走一晚上加个上午多半天，回到家里正值下午两点左右。回到家后感觉功劳很大，为此大人们经常说：'能够把缸从东窑沟背回家，那就说明孩子长大了，同时身体也是健壮的，娶媳妇不成问题。'村里有个男子新婚不久，媳妇让他去跟着队伍背缸，打算背回缸腌咸菜用，结果他回来时刚进院子大门就大喊：'媳妇儿，我回来啦！'话音刚落，他两腿一软，往窗户下面的石头台阶上一坐，只听'咣当'一声，缸碎了一地，他媳妇儿气得直埋怨：'你这个软蛋，你再坚持一小会儿都不行？'他说：'我双腿一点力气也没有，实在坚持不住了！'第二天，妇女们在村口大槐树下缝衣服时，那位新媳妇说起自己爷们儿没坚持住的事儿，一位年龄大的妇女说：'你可真行，新婚不久，你竟然让你家爷们儿去背缸。'背缸是纯男爷们干的活儿，走的时候要饱吃一顿糕。桑干河两岸的高山多为黄土坡地，那些坡地盛产黍子，黍子脱皮后变成黄米，黄米磨碎后变成糕面，糕面蒸熟后变成黄糕。桑干河畔的男子汉们力气大全靠吃糕，那糕是金黄色的，十分劲道，粘在筷子上很难弄下来，就那些有劲儿的黄糕，吃得越多，说明肠胃和身体越好，同时力气也大，有些个子大，力气也大的男子汉，一个人能吃三个人的糕。上路时饱吃一顿，一直能坚持一个晚上加个上午大半天，回到家后，家里人早把黄糕准备好了，背缸回来的男人就着白菜、豆腐和土豆熬成的菜，就着蒜瓣，大口大口地吃着糕，那才叫享受。能吃能喝能干活，就是真正的男子汉，在桑干河畔力气大能干活的男人，娶媳妇过日子不用发愁。"我问大哥："那缸是长圆形状的，怎么能背得住？"大哥说："有个与自己上身一样长的木头架子，把缸放在架子上，与马的鞍子是一个道理。"

在返回的路上，快到郭家大桥时，大山脚下向西有条狭窄的小路，父亲说："从这里走，咱们去李家咀村看看。"我说："这路不能走机动车，万一下去没有路，向后倒车，不小心会掉进桑干河水里的。"父亲说："不会的，我知道，你走吧！"我们顺着小路贴着山崖，用一挡慢慢前行，车的右侧后视镜几次蹭到凸出来的山崖，此时方向可不能大动，不小心车就会翻到桑干河水里。顺着小路进了村，前面再也没有路了，村子里没有大面积场地，车只能停在一个小山坡上，车掉头时可得小心，前面是山坡，后面是深沟，我非常小心地把车头掉过来。父亲坐在村口一个废旧的磨盘上，好像回味着什么。此时走来一位男子，他细长脸，高高的个儿，约六十岁左右，当他走近我时，我惊讶地发现："他和叔叔长得非常像。"叔叔比父亲小八岁，听村里的老人说，叔叔会吹笛子和唢呐，他年轻时作为村里的优秀青年被招到县经济委员会开办的矿山当工人。在那个生产队年代，工人的地位可是相当高了，但是到了八十年代末，矿山被私人承包，叔叔下岗了。为了生存，叔叔给人们照相，但是照相赚不到钱，他后来改行开饭馆，那年我在北京学习，在县城下火车后，听说叔叔在火车站附近开饭馆，身上没有多少钱的我，到他的饭馆里免费大吃了一顿，叔叔见我狼吞虎咽，他又赶紧给我端菜端汤，问寒问暖，吃饱后没说几句答谢的话，我就匆忙离开了，从那以后我再也没有见到过叔叔，多年后听姐姐说："叔叔早不开饭馆了，他利用祖传医技办了家养生馆，生意非常红火，发财后在什么地方买了一套别墅，现在叔叔去哪里开养生馆，家人很少知道。"父亲、姑姑长得和爷爷相像，叔叔长得和奶奶相像，面前的这位和奶奶叔叔相像的男子，上前和父亲搭话，父亲说："我是这村的外甥，我姥爷名叫刘满哲，他们兄弟两人，姥爷的弟弟名叫刘满库，他们的父亲名叫刘功，他九十多岁去世的。"那个男人听后惊讶地说："哎呀，小时候听我父亲说：'他爷爷的哥哥叫刘满哲，咱们是一家子，您快进家。"此时我终于明白了，难怪他长得和奶奶叔叔很像，原来他是奶奶家族的后人，此时我立刻感到对方很亲切。我和父亲进了他的院子，我看到房屋上红色的瓦问："屋顶上的瓦是从哪里拉来的？"他说："东窑沟村。"此时我想："东窑沟村如今不仅在烧缸，同时还在烧瓦。"那位男子的爱人一看有亲戚远道而来，十分高兴，要留我们吃饭，父亲说："这次不添麻烦了，我们下次再来！"临走时，那位男子边送行边和我们聊天说："刘氏后人有的在山西大同做生意，有的在桑干河上游搞旅游开发，有的在张家口为官，每年春节后，很多人回乡祭祖……"

在返回的路上，父亲回忆说："我姥爷就母亲一个女儿，姥爷一辈子不干正事儿，他经常参与赌博，在旧社会家训规定参与赌博者与汉奸同罪，去世后不得入祖坟，所以他晚年在我们家去世，埋在了西坪村的西山脚下……"此时我忽然想起："每年在西坪村的西山脚下祭祖（当地人称上坟），原来是这样。"回到家后大哥说："李家咀村现在人很少了，那家可能是村里唯一的守村者。"听着大哥的讲述，回想着李家咀村那些破旧坍塌的民房，我想政府真应该给那户人家授予村落守候奖，每年适当给些守村经费补贴。

我们开着车在桑干河畔的小路上慢慢返回，远处的青山在中午的阳光下熠熠生辉，桑干河水在秀美的青山间奔流不息。父亲回忆说："听祖上说，过去桑干河两岸的山上生长着许多松树和栎树，粗的六人都抱不住，细的也得三人才能抱住，北京修建皇宫时，伐木官员带着人上山伐树，粗大的树木顺着桑干河水运到京城，20世纪50年代末，国家大炼钢铁，将山上剩下不多的树木砍伐殆尽，那时候人们发现，桑干河两岸树木少了，当地降雨量在减少，桑干河水也越来越少，幸好人们及时认识到这个问题的严重性，又开始在山上种树，什么时候小树长大，雨水和河水就增加了……"

返回的车在慢慢行走，桑干河水在缓缓东流……

2020年10月3日夜于西坪村

品读《聊斋》

每天乘地铁上下班有读书习惯，把《红楼梦》重新读一遍后，很想品读《聊斋》，但又担心夜里会做噩梦。有一次去书店，看到书架上摆放着《聊斋》，翻开看了一段，发现挺好的，并不像想象得那么可怕，于是买了一本，每天乘地铁时阅读。

《聊斋》中的故事真是太精美了，每个故事情节都是那么有哲理、那么浪漫，怪不得世人这么喜欢这部名著。读着《聊斋》品味生活的感觉真好，一次我躺在床上，给五岁的儿子讲雷公那段，故事大概为：从前有个好心的商人正在餐馆里就餐，忽然面前出现了一个骨瘦如柴的乞丐，他说自己好久没有吃饭了，饿得厉害，问能否给他点吃的。好心的商人给他点了些饭菜，不一会儿乞丐就吃完了。饭饱后乞丐对商人说要报答他，商人笑笑说："你一没钱，二没力气，拿什么报答我？别耽误我的时间了，我要到江边装船了……"说着商人站起身走了，乞丐望着商人忙碌的背影说："后会有期"。江边，商人的货船起航了，船刚到江心，忽然刮起了大风，风浪将船打翻，不会游泳的商人在江水中边扑腾边喊救命，正在这紧急关头，商人感觉有一只大手抓住了他，把他放在了一块木板上，然后将他推上岸。当商人回头看时，惊讶地发现把他推上岸的正是那个乞丐。在江水中，乞丐把船扶正，把货一箱箱地捞上船，然后问商人："看看还少什么吗？"商人摇摇头说："货是不少了，可遗憾的是爱妻送给的爱情信物金戒指掉在江水中了。"乞丐说："没关系，我去找……"话音未落，只见江心一个水花荡漾，乞丐钻进水中。当商人正望着江面好奇时，只见乞丐浮出江面，把一枚小小的金戒指放到他的手中问："是这个吗？"商人激动地说："是——是这个，你真是太神了！"事后两人成了好朋友，商人把乞丐带回家。两人在明月下对饮，行酒数巡，商人指着空中的明月说："不知道天上是什么样子，如果有机会能上去看看该多好啊！"乞丐说："先休息吧，明天正好我去执行公务，我带你去看看。"第二天清晨，乞丐拉着商人的手说："把眼睛闭上。"商人刚闭眼，觉得身上轻飘飘的，耳边风声呼呼，片刻后发现自己已经坐在云端的龙车上了。车上有两个面相古怪的人正在往云彩里洒水，乞丐向那两人介绍："这是我的好朋友！"那两人很有礼貌地向商人打招呼……这时商人早被那神奇的世界迷住了，啊！蓝蓝天空，白云朵朵，微风轻轻……往下看高山翠绿，江河蜿蜒……这时，儿子躺在我身边静静地听着，听完后说："爸爸，天上真好，我也想到天上去看看。"我说："好的儿子，有机会爸爸带你去坐飞机。"

每天在挤满人群的地铁车厢里品读《聊斋》，感觉别有一番滋味儿，读着《聊斋》，一天夜里我真的做了个梦，梦到自己带着儿子走进桑干河畔的胡草山里打猎。在山里转了好久也没发现什么猎物，正要无功而返时，忽然看见老杏树下站着一只白鹤，那白鹤足有一人多高，我赶紧举枪，当我透过瞄准镜看那只白鹤时，白鹤向我抖动翅膀叫了两声，此时我端枪的双手有些颤抖，胳膊也逐渐松软，接着我慢慢地把罪恶的猎枪放在地上，收起自己丑恶的心态，轻轻地走过去，我伸手抚摸白鹤那洁白、柔润、光亮的羽毛，白鹤转动长长的脖子回头看看我，我轻轻地抱抱它，噢！身体真重。随后白鹤又叫了两声，展开翅膀飞了起来，在我头顶上空盘旋一圈后落在地上，然后它载着我和儿子向蓝天白云里飞去……

午后，我顺着街道漫步，这北京市朝阳区的CBD商区可真大啊！迈着轻快的步伐我上了商业大厦二层，这里有卖衣服的，卖健身器材的，往东看，呵！还有佳茗佳人茶庄。喜欢茶文化的我当然要进去看看。茶庄里古香古色，茶味浓郁，茶架正中间墙壁上一幅墨宝特别引人注目，墨宝上那"禅茶一味"四个大字柔中带刚，苍劲有力；还有小舞台上的那架古琴，更为这里的茶韵增添了光彩。我正要离开，忽然想："这里怎么没有人？"当我向另一间屋子看时，看到在一张根雕桌边坐着一位漂亮的小女子，她乌黑的头发顺着右肩垂下，身着白色衣裙的她仿佛让这里的茶味变得更加浓重。我正在发呆，小女子微笑着端起茶杯说："先生，这是刚泡好的茶，来，品尝一杯吧！"此时我好像被一种什么幻觉迷住，情不自禁地失声喊："小——倩！"

聊斋啊聊斋，用网络聊美哉，用微信聊妙哉，品茶时聊醉哉，饮酒时聊更加快乐哉！鬼也不是鬼，怪也不是怪，喝着、品着、读着、聊着感觉"牛鬼蛇神"比某些"正人君子"更可爱，其中滋味，越品越是爱啊，越品越是爱！

此文章发表于2016年2月3日《中国文化报》第三版美文副刊栏目。

事等职，回想自己的带兵智慧与李正相比确实差距很大，假如那时我能阅读《铁道游击队》，能学到李正的带兵方法多好。常言道："天下没有不好的士兵，只有不会带兵的人。"拿破仑在滑铁卢战败被囚禁在大西洋孤岛时，他读完《孙子兵法》后不禁叹息："如果我早几年看到这部奇书，就不会有今天了。"作为领导干部读书是多么重要，我认为这部小说是当代领导干部必读的书。有的人说，小说是作者编造的，可我认为即便是编造，我们从那里学习些开展工作的方法也是好事儿呀，学总比不学好；再说，艺术来源于生活，没有生活作者哪能创作出这么优秀的作品！

　　读到芳林嫂在村外带着女儿和自己的婆婆躲避日伪搜捕时，我感动得落泪了。多么称职的儿媳妇啊！自己的丈夫被日本兵打死多年了，她一直照顾婆婆。一天夜里大队长刘洪来接她进山培训，也是顺便暂避危险。她是多么想带着女儿进山过军队生活，可她没有丢弃病得不能走路的婆婆只带着女儿进山，而是选择了在逃难的艰苦环境里继续照顾生病的婆婆。在贫病交加中婆婆离世了，她用双手挖坑把婆婆掩埋后正想着要进山，没想到被日伪兵抓走了……建议当代看自己婆婆不顺眼的年轻儿媳们，好好读读《铁道游击队》，看看芳林嫂在艰苦的环境里是怎样与婆婆相处的。

　　《铁道游击队》小说更有趣的还有那后记的描述，估计多少年后会有导演把小说的后记拍成电影。小说作者刘知侠在"十年浩劫"中被红卫兵追得无处可逃，在危急关头他从三楼跳下，庆幸没有摔死，他拖着受伤的腿跑到了自己创作时的采访对象芳林嫂家，芳林嫂把他藏了起来，为他疗伤，四个月后形势好转，他又回单位上班了。

　　《铁道游击队》是部内容丰富的书，感谢鲁汉女儿。

2019 年 3 月 10 日

童年的记忆

前几天,正在读小学六年级的儿子让我看他的 ipad,上面是一张有关蝙蝠的图片,看后我毛骨悚然,蝙蝠身上竟然携带那么多病菌,我这是第一次知道。

在我童年时期,对于我和同伴们来说,蝙蝠是特别好玩的小动物。在炎热的夏季,每当太阳落山,蝙蝠就开始出来觅食。相对宽阔的南场上,它们在夜空中时而低飞,时而高飞,时而发出"唧唧"的叫声。我和同伴们把鞋子脱下来抛向它们,想打一只下来仔细看看,它们不但不害怕,反而还追逐空中的鞋子。我和同伴们用弹弓射,无论多厉害的射手都无法射准,它们在夜间飞行十分灵敏。

蝙蝠栖息哪里?在南场边上有个古老的戏台,那就是它们的家园。它们白天躲在戏台建筑的缝隙里,夜间开始出来活动。因为它们是夜间飞行动物,所以人们把它们和迷信传说中的"厉鬼"联系在一起。传说它们变大后要吸人血,能把人咬死。每当夜间外出,我总是担心那变大的蝙蝠展开翅膀向我扑来,因此夜间外出我手里拿把铁锹防身,大人们误认为我很勤劳,每天拿着铁锹很晚还在干活。

那夜间飞行的鬼玩意到底是什么样子呢?我和同伴们很好奇。一天中午,村里的二大爷在戏台的墙缝里用棍子扒出了一只蝙蝠,我和同伴们围过去看,看后才知道那玩意只是比老鼠多了一双能飞的翅膀。它的翅膀是肉片状的,上面长着绒毛,那毛肉肉的翅膀把它的前腿和后腿连在一起。它的眼睛怕强光,在午时的阳光下,它的眼睛失去了作用,因此也失去飞行能力。它在地上慢慢地向前爬,一边爬一边发出"唧唧"的惨叫声。大人们说:"是老鼠偷吃咸盐长翅膀后变成了蝙蝠,所以我们一定要把自己家食盐装在罐子里密封好……"在我童年时期,老鼠偷食盐吃是经常有的事儿,有时我忘记盖盐罐子,几天后发现盐罐里有只老鼠出不来了,罐里的盐不多,我赶紧把盖子盖上,两周后再去看那罐子里的老鼠,它已经憋死在盐罐里了,它没有长出翅膀,没有变成蝙蝠。那时哥哥正读初中,哥哥说:"老师讲过,老鼠身上有鼠疫,把罐子先清洗一下,然后用火烧一下罐膛,再用清水清洗罐膛后才能继续用其装食盐。"按照哥哥说的,我在罐子里点燃了一张旧报纸。长大后我才明白,家乡人消毒的方法是高温处理。

村子里胡姓多,每当春节,奶奶总要督促:"你们是新院的后人,一定要去老院给年长的大太爷和大太太拜年。"那时奶奶经常给我们讲,明朝时期桑干河畔的山梁下只有一户胡氏人家,家中有兄弟两人,老大婚后与父母同住一个院子,他们在庄稼地西头给老二新建了一处院子,称呼新院,几百年来村里人都习惯地称呼老院人新院人,在历史长河中胡氏后代彼此很和睦。我童年时期老院的大太爷和大太太年近八十岁,村里的老人过年都喜欢穿黑色衣服,可他们家偏偏又养了只黑猫,那猫的眼睛是金黄色的,叫起来特别吓人。因此春节拜年成了我和弟弟的难事儿,不去又不礼貌,所以每年只好硬着头皮前往。我们一进屋子,大太爷乐呵呵地说:"孩子别害怕,我和你大太太全靠这只猫,老鼠听到它的叫声早吓跑了,蝙蝠也不敢来我这老屋里活动……"

在我童年朦胧的记忆里,偏僻的山村没有通电,家家户户用油灯,我们家堂屋里即便是白天也总是黑黑的。一天傍晚，我刚走到堂屋，一只蝙蝠忽然从我头顶飞过，把我吓了一跳。从那以后，我总感觉堂屋里有个吸血鬼……直到长大当兵后上军校，学哲学，学人类社会学等课程，知识渐渐丰富了，那厉鬼恶神在自己的心中也就渐渐消失了，对于有着浑身力气的我，那传说中夜间变大的蝙蝠也不害怕了。

几天后，儿子又给我看了一段视频："有位非洲老人嘴馋，吃了蝙蝠肉后感染上了埃博拉病毒，老人身边的人也被感染了，在瘟疫蔓延中，老人和身边的人病逝了，幸好隔离及时……"

打开手机，我看了一部美国电影简介，内容是："蝙蝠的粪便被猪吃了，猪染病后传染给人，结果导致美国大面积瘟疫蔓延，在瘟疫中病逝的人不计其数……"蝙蝠原来这么危险，在我童年那个缺少肉的年代，家乡人在当地习俗约束下饮食很守规矩，谁敢乱吃动物那就是大逆不道，会遭报应。那时候人们生活虽然艰苦，但从没有人打蝙蝠、燕子、喜鹊、乌鸦、老鼠和青蛙的主意，那时候人们根本不知道蝙蝠身上携带病菌，假如那时候有人品尝了蝙蝠肉，后果不堪设想，好吓人呀！

今天蝙蝠引起了我们的高度关注，希望家乡人仍然要恪守规矩，同时更要重视蝙蝠身上的病菌。

2020年1月30日夜于抗击疫情期间

走在新加坡的大街上

走在新加坡的大街上，清新柔润的空气扑面而来，这里的高楼，这里的道路，是那样干净，那样整洁。走在新加坡的大街上像走在美丽的花园里……

这里的车辆是那样井然有序，一辆辆小车不慌不忙地一会儿行走，一会儿耐心地等待着信号灯，路上安静得连一声喇叭的声音都难以听到。这里汽车的方向盘在右侧，起初我误认为车上没有安装喇叭，司机告诉我，用喇叭很不礼貌，一年也用不了一两次。

路边的阳光里有位黑人在清扫树叶，他的动作是那样娴熟。从他的身上我仿佛看到了他的祖先就是打扫庄园的高手。和他相比，我感觉自己高雅脱俗，因为我的祖先是从"宫商角徵羽"长河中走过来的，当琴声志在高山，巍巍乎好高的山啊！当琴声志在江河，汤汤乎好大的水啊！我的祖先在辽阔的草原上，用马头琴抒发感情；在宁静的夜空下，用二胡与明月对话；在高高的山波上，用竹笛赞美自然……我的祖先留下："永和九年，岁在癸丑，暮春之初，会于会稽山阴之兰亭……"我的祖先最早用树叶养"虫子"吐丝织布；我的祖先最早用泥土捏碗造盆儿……所以我感觉自己高人一等。可目前我面临一个现实问题,我想带着孩子去南洋艺术学院练钢琴,在这里不知怎么走了。我想问路,旁边没有其他人,只能求助于那位正在清扫树叶的黑人。我想,讲华语他可能听不懂,所以只能用英语:"Do you speak English?"他:"yes."我:"I would like to go……"刚说了一半,好久不用英语的我,忽然被"南洋艺术学院"的英语句子卡住了。此时他微笑着用华语说:"您别着急,请问您想去哪里?"这时,我忽然被他那流利的华语惊呆了,他的华语竟然比我还标准,一点口音都没有。看着他那友好的笑容,我感觉很不好意思,我立刻改用华语问:"请问到南洋艺术学院怎么走?"他非常礼貌地说:"向前方约一百米,在那座大楼下向右转就看到了。"我尊敬地说:"谢谢您!"他说:"别客气。"此时,我感叹:"啊!这里的黑人不是我心中想象的那样,他们在这美丽的都市里,语言和道德水平提升了……"

走在新加坡的大街上,我嗅到路边卤鸭店里飘出诱人的香味,我走了进去,发现里面很干净,也很安静。里面的碗、筷子和勺子等都是温温的,很显然是刚从消毒柜里拿出来的,让顾客用起来特别放心。点餐的人在排队,在这里我不由自主地入乡随俗,我和孩子也自觉地跟着排队……饱食后,他们还免费送一碗热乎乎的汤……

走在新加坡的大街上,我想这里的天气这么热,为什么很难见到蚊子、蟑螂和苍蝇呢?我带的预防蚊虫叮咬药也没有用上,这到底是什么原因呢?我猜测可能是这里的人们没有随处乱扔垃圾的习惯,特别讲究卫生的原因吧;也可能是和种植的那些植物有关,我对树木不大懂,那些郁郁葱葱的树木可能是樟树和七里香,它们有的长在路边,有的长在楼房顶上。在潮湿的空气中,那些绿树散发着阵阵香味儿,也许就是那些香味在保护着这座高温潮湿的城市。北方人等着冬天下雪解决蚊子、蟑螂和苍蝇等问题,这里没有冬雪,看样人们在种植树木上下了很大工夫。

走在新加坡的大街上,我这位北方来的汉子有些中暑了,嗓子不舒服,这里的街面上很少有药店,在一个小胡同里,我好不容易找到了一个中医诊所，一位来自台湾高雄的女医生，她四十岁左右，非常认真地为我边检查嗓子边问："你们是从北方来的吗？"我说："是的！"当听说她是从台湾高雄来到这里时，我仿佛见到亲人一样滔滔不绝："我曾经两次随北京市朝阳区京味儿文化交流团去高雄进行京味儿文化交流……"她特别热情和我聊个没完没了，我是来看病的，没想到变成聊天了。也许是心情好，还没吃她给我配的药，我仿佛感觉自己的嗓子就康复得差不多了。

走在新加坡的大街上，这里的鸟儿很好客，它们在行人中间欢快地蹦蹦跳跳，也许是为了这座城市的安静，它们一个个很少大声歌唱……

我带着好奇的心情走进牛车水胡同，这里是华人的聚集地，有卖花生的，有卖中国结的，还有卖春联的，好热闹啊！街道中间有个大舞台，在人群簇拥的舞台上可能是正在举办什么晚会，台上有个红衣女子正在用二胡拉《战马奔腾》……

远处街道中间有两个人在放声高唱："在那桃花盛开的地方……"在这里听这首歌，仿佛感觉那歌声更美。从他们的歌声中，我仿佛知道，他们不是为了"经费"，而是在充分抒发自己的内心情感……路边的乐器店里有二胡、古筝，还有竹笛，当然也有音乐教材，拿起几本，我仔细翻阅，发现那些音乐教材多数是中国的中央音乐学院、中国音乐学院和中国的上海音乐学院编著出版的，这也是中国的骄傲和自豪，愿这种骄傲和自豪更加完美……

为什么要走在新加坡大的大街上？我来这里是带着孩子参加钢琴比赛的，此时我感觉比赛好像已经不重要，更重要的是体会、感受和提升自己的见识。

在颁奖活动的大剧场里，新加坡文化处处长致辞："要把这里打造成人类文明示范村，人类共同拥有的文艺村……"此时，我明白了，难怪这里要连续十三年举办国际音乐节，原来是要用文艺和文明装点这座美丽的沿海水城。

走在新加坡的大街上,我仿佛变成了"文明传播的使者",我要把这里的"文明"带回北京,让中国的北京更加和谐,更加美好!

2019年2月3日

把眉山文气带回京城

在解放军艺术学院上学期间,我曾阅读过《苏东坡传记》,但那时对眉山的认识只停留在书中的字里行间。去眉山之前,上小学四年级的儿子把《苏东坡传记》揣在我包里时说:"爸爸,回来时别忘记给我带几块眉山的石头。"我爽快地回答:"好的!"

在这之前,我总认为眉山城市是在大山脚下,当身临其境却发现那里没有山,书中描述和想象中的眉山与实际情况完全不一样。

眉山城市虽然没有山,但是那里的人们很热情友好。当你向他们问路,他们会认真地问:"你说啥子哟?"然后热情地举手指着那个方向,告诉你:"在那儿哩!"

负责我们乘车的是位二十几岁的小姑娘,在眉山特有文化的润泽下,她显得既文静又有礼貌。在车上,她不仅给我们详细介绍眉山历史,还为我们讲述当地方言。她讲述"'耙耳朵'一词,在眉山的意思是怕老婆的男人,一个男人怕老婆,也就是常说的惧内'妻管严'。'耙耳朵'一词儿来源眉山一种加了'耳朵'的自行车,这是眉山男人为了让自己的老婆坐得更舒适而发明的。演变到今天'耙耳朵自行车'已经被各种机动车代替了，但在人们生活中却留下了一个美好的词汇'耙耳朵'。当代眉山女人特别爱自己的丈夫，就会亲切地喊：'耙耳朵……''耙耳朵'一词儿今天已经成为眉山女人对丈夫的爱称。眉山的男人完全也可以用'贤惠'的词汇来描述，因为他们的厨房手艺很好，对自己的老婆很关爱……"她微笑着向大家介绍着，她含笑的酒窝里渗透着幽默，渗透着对美好生活的向往，愿天下多些这样的词汇，多些夫妻恩爱，多些家庭幸福。

也许是受"三苏祠"的影响，也许是各地作家群聚眉山相互交流的原因，在返回途中，我再次拿出《苏东坡传记》阅读感觉不一样了，苏东坡身上有着眉山人特有的热情，他博学善良，乐于助人，书中记载：他在杭州为官时，被告的年轻人说："家父开了一家扇子店，由于家父去世时留下了些债务，不巧这年春天阴雨天多，扇子没人买，商家的债务还不上。"听后，苏东坡很同情这位年轻人，看到桌子上的笔砚时他眼前一亮，说："你拿来一部分扇子，我替你卖。"于是那人回去，很快拿来了捆好的二十多把素绢扇子，苏东坡从桌上拿起笔，在每把扇面上画画写写，不一会儿扇面全画好了，对那位年轻人说："把扇子卖了去还账吧！"那年轻人十分惊喜，连声叩谢离开。当他抱着带有画面的扇子刚出衙门，好多人围上来，不一会扇子全卖光了，有的人由于没买上，还很是遗憾。

苏东坡不仅仅是位清正廉洁的官员，更是位好老师。元丰三年，他被贬，虽然官场失利，但身怀绝技的他，散落民间却如鱼得水。"外师造化，中得心源"，他不仅以大自然为师，同时还以农民、道士、和尚为师，他书写的《寒食帖》被当代书法家尊为中国第三大行书。他不仅可以做老师，也擅于做学生。在黄州一个小镇的山坡上有一片茂密的树林，他在那里修建了三间小屋。"山不在高，有仙则名。水不在深，有龙则灵。斯是陋室，惟吾德馨。苔痕上阶绿，草色入帘青。谈笑有鸿儒，往来无白丁……"用刘禹锡的名作来描述当时苏东坡的生活再合适不过了。附近有眼光的村民把孩子送到山坡上，让孩子去那里上"学而思大语文，学而思美术。"有位年轻人当时二十二岁，他来到山坡上拜苏东坡为师，在那里潜心学习，后来成了北宋时期著名的书法家、画家、书画理论家，他就是大名鼎鼎的米芾。苏东坡一生为官，桃李满园，在官场上，章惇曾经要置苏东坡于死地，苏东坡因为章惇在皇上身边进谗言被流放海南岛，而章惇的儿子章援却也是苏东坡的门生，苏东坡很喜欢章援的文才，章援很敬重自己的老师，苏东坡以万世师表的涵养曾对自己的弟弟说："在我眼中，天下的人都是好人。"

　　回到家后，儿子问："石头带来了吗？"我回答："眉山没有山，也没有捡到那里的石头，但是爸爸为你带来了眉山故事……"

　　也许是沾了眉山的文气，回京不久，有个街道写了首歌词，发愁找不到谱曲的人，我爽快地答应："我来谱写。"文学和音乐自古就是相同的，我把歌词进行修改后，用民族调式谱写，几天后，我谱写的歌曲在社区传唱开了，看到居民们唱得开心，我仿佛感觉自己变成了苏东坡，正在为民众办实事办好事。

　　在京城上班的地铁车厢里，我手捧《苏东坡传记》，一边仔细阅读，一边回味眉山之行所见所闻。一天夜里我做了个梦，梦到苏东坡向我传授诗文，传授书法技艺，在北京的香山顶上，苏东坡弹琴，我拉二胡，一起合奏："明月几时有，把酒问晴天……"

2018 年 6 月 7 日

第五辑　温暖人生

家乡的墙围画

"青山不墨千秋画,绿水无弦万古琴。"用这句诗用来描述我的家乡,我认为再合适不过了。我的家乡位于河北、山西和内蒙古的交界处,著名桑干河从我的家乡流过。也许是和那绿水青山有关,家乡人酷爱"墙围画"。家乡人称呼墙围画为"炕围画",在我们那里家家户户有此类装饰画,画中有:听琴图、孝经图、文姬归汉图、红楼梦、三国演义、西游记等经典名著人物图,也有山水风景图,花鸟鱼虫图等,内容十分丰富。一次,我问中央美术学院的油画专业博士生:"你画过墙围画吗?"她回答:"还没有。"其实,我认为作为国家高等美术院校的高学历人才,应该去我的家乡桑干河畔走走看看,感受一下那里人们的爱画情怀。进村后,当你自我介绍是某学院绘画学生前来采风创作时,村民们就会怀着崇敬的心情邀请你到家里做客,他们会设酒杀鸡作食……只要你画得好,邻居也会邀请,然后你可以各复延至其家,他们会皆出酒食……家乡的墙围画起源于何时,今天已经无法考证,千百年来,古老的桑干河畔有俊俏的山,有秀美的水,我想正因如此,也就孕育了那里爱画的人们。那里的崇山峻岭,清流激湍,茂林深篁,以及家乡人多年来追随真善美,礼仪孝悌精神已经与家乡的墙围画完美地融合在了一起。

家乡人对墙围画的尺寸、色调和画中的阴光面等十分讲究。墙围画的先头工序很多，主要有：刮腻子，刷大白，涂底色，刷胶水等，把这些先头工作都做扎实后才能慢慢动手画。一般家庭是堂屋两侧的起居室有墙围画，一间屋子两面墙，如果两间屋子四面墙全部画好，至少需要十天时间。1983年秋季，我们家的新房子建造落成，正好从外地来了两位小伙子，他们是兄弟，至今我还记得其中一位的名字，他名叫"赖万顺"。他们对自己的专业很热衷，白天晚上连着画，画累了，就在画的边上简单休息一下。他们画了十二天，才把我们家的四面墙壁画好，临走时母亲给了他们三十元画工费，在当时来说那可够高的。当地人称这些手艺人为"画匠"，那时候农村的"匠"特别多，如今能记清楚的有：木匠、铁匠、泥瓦匠、麻绳匠、修鞋匠、锯盆锯碗匠、剃头匠、制皮匠、银器制作匠、风箱制修匠、乐器制作匠、乐器演奏匠等，这些"匠人"都属于民间手艺人，他们行规森严，技艺非凡，他们给谁家干活，就在谁家吃住，在吃住方面那些工匠们虽然没什么讲究，但雇主还是把他们当上等客人招待。

家乡人认为家里有墙围画才显得亮堂，住着舒心，同时更能展示主人的高贵品格。在我们那里相亲首要条件就是看家里的墙围画是否气派，只要墙围画能达到一定水准，才能继续交往。为此富贵人家要想娶到才貌双全的新媳妇，当然得在墙围画方面下番功夫。在这方面，父亲也不例外，当时他考虑家里男孩儿多，墙围画的事情可不能掉以轻心，在我们家墙围画开工前，父亲经过再三比较，才决定用那两位画匠。

我第一次带爱人回老家，那时虽然我们已经领取结婚证了，但毕竟是新媳妇儿第一次去家里，父母还是担心人家能否看得上自己的家。爱人刚进屋，看着墙围画惊呼："哇！这么漂亮的壁画。"当时她只是随便说说，结果把父母高兴得眉开眼笑，母亲用胳膊肘轻轻碰了一下父亲，然后情不自禁："娃儿他爹，娃儿的婚事儿成啦！"这话被爱人听到了，她不明白是什么意思，她愣愣地看看我，我笑了，她也笑了，当我看父母时，他们老两口乐得眼睛早就眯成一道缝儿了……

每次回老家我都要仔细看家里的墙围画，同时更佩服那两位画匠，他们虽然没有经过正规院校学习，画技都是民间师傅口传心授的，但技艺十分娴熟。当时父亲问他们："此画能保持多少年？"他们肯定地回答："保证八十年之内不裂缝儿，不掉皮，不褪色。"如今四十多年过去了，那些墙围画没有一处裂缝、掉皮和褪色。说他们是外乡人，其实离我们那里也没有多远，最多沿河向西十公里。有时我在想，离我们那里不远处有"辽代张世卿壁画墓群"，难道那些画匠的祖师爷和那些墓群壁画有关？当然这只是猜测，至于是否有关联，还有待于进一步考证。

也许是受家乡墙围画影响，每当我到异地出差都要去画廊看看，都会仔细欣赏那些绘画作品，然后和家乡的墙围画进行对比。一次，我在台湾一家画廊里看到一幅《百子图》，长有两米多，宽1.5米左右。画上有好多小孩儿，我仔细数了数，正好九十九个。我想，我们家有一个男娃儿正在读小学四年级，那不就是一百个了嘛。画上的小孩儿个个活灵活现，有的在游泳，有的在爬树，有的在放风筝，越看越让人爱不释手，当时要不是考虑运输困难和家里房子小等因素，不然我就把那幅《百子图》买了。

如今家乡人们住的房子更加宽敞明亮了，人们对墙围画的水准要求更高了；家乡的墙围画工匠在增多，他们的绘画技巧也在满足人们需求的过程中不断提高。著名画家靳耀华先生曾经告诉我："我国民间墙围画，属于民间工艺美术类之一，其主要流传于我国北方，是我国民族民间传统工艺美术的重要组成部分，传承、发展和提高此类艺术，对弘扬我国民族民间美术事业，提高村民文化素养，陶冶村民道德情操，净化村民心灵，有着非常重要的意义……"通过调查发现，我们那里的墙围画工匠们有别于我国高等美术院校师生，他们更多的是绘画前期的涂料配制和墙壁粉刷等工夫，同时更有着高等院校的工笔画技法基础，他们身上传承更多的是民间绘画的工匠精神。

如果我有了大房子,一定要找我们那里的画匠,在新家墙壁画上美丽的墙围画,我要让家乡的墙围画在城市的高楼里生根发芽。

家乡的墙围画啊!你传承着民间绘画技法和民间绘画工匠精神,丰富着人们的生活,滋润着人们的心田。

2019年4月21日

那年家乡农业学大寨

"能挑千斤担,不挑九百九,迎着困难上,顶着风雨走……"时代的烙印,时代的歌。每天早上父母什么时候出工,晚上什么时候回来,我和弟弟一无所知。小孩子在外玩一天,一到晚上就瞌睡,每天晚上我和弟弟在油灯下等啊等,当奶奶抱着柴禾从油灯前经过时,墙壁上会出现一个大大的黑影。那灯光未能照到的屋子角落总是黑乎乎的,那黑暗中隐藏着的是传说中的鬼神。那南山坡上一闪一闪的是什么?是鬼火,还是人们下山照路的手电?油灯的火光像一粒圆圆的黄豆,盯着那豆粒大的灯光时间久了,眼睛累了,自然就睡着了。那时候最流行的一句话就是"两个六点半,中午一担饭。"意思是:"社员们早上六点半出去干活,晚上六点半才能到回家,中午生产队统一把饭送到地里吃,饭后就又开始干活了。"父母回来后,把小孩子的衣服脱光,塞进被窝里。其实父母每天就在身边,由于时间上的错位,小孩子就是见不到父母。早晨,炮声把窗户震得乱颤,把我和弟弟从睡梦中惊醒。为什么放炮?是大人们正在修建大农田,他们要把山坡变成良田,大人们在田地里热火朝天比干劲儿。听说一个黑瘦的中年女子,背一块石头站不起来,使劲喊了声:"向大寨人民学习！""嗖"一下就站起来了。休息期间，公社书记给大家讲："山西大寨村从山下向山上挑土，这是什么干劲儿……"一天深夜，老支书到我们家去谈事儿，在油灯下自豪地说："我已经六年没吃过一口肉了，另外身上的衣服不能洗，一洗就破得没法穿了……"

　　秋天，湛蓝的天空飘着丝丝白云，大人们正在农田里掰玉米，我和几个小伙伴早就到玉米地深处去了，在那里把枯黄的玉米秧踩倒，弄出一片空地，把豆秧放在燃烧的玉米秧上，豆秧噼噼啪啪地响着，豆秧燃尽，把上衣脱下，弯腰将柴火灰扇走，地上只剩下烧熟的黄豆，几个小伙伴快速围坐，用大拇指和食指捏着烧熟的黄豆送到嘴里，黄豆的味道真是太好了。每到秋天，家里的粮食就要断了，多危险呀！就怕接不上，新玉米的味道是多么醇香，煮黄豆的味道更诱人，只要有玉米和黄豆就是最美好的日子。

　　一场秋雨过后，天气是那样寒冷，至今每当看到深秋季节的小雨，我就会想起农业学大寨期间大人们在地里收萝卜的情景。黄土地的中间，萝卜堆得像座小山一样。天气太冷，我们想藏到萝卜堆里，可萝卜又是那样冰凉。我们几个小伙伴正在萝卜堆上挤着玩，忽然听到地边上吵吵闹闹，不知道那里发生了什么？过去看看，一群孩子围了过去，原来是一个光棍汉饿了，他正在吃萝卜时被生产队长发现了，队长批评他，光棍汉不服气，他和队长吵闹："我就是吃了，你怎么着……"队长说："我就不让你吃……"夜深了，许多孩子熬不住，可大人们还在那里忙碌着分萝卜，有人拿手电照着，有人在过秤，记工员在查看工分儿，会计在对账合算，还有人在喊着："×××，二十个工分儿，家里六口人，五斤二两！"看起来萝卜堆得像小山一样，分到每家每户可没有多少。

　　又一年的春天到来，那金色的阳光暖暖地照着大地，小燕子从南方飞回来了，鸿雁从头顶向北飞去，留下一串串鸣叫。小草从土里钻出来了，嫩嫩的，绿绿的。大人们在农田里干活，那"能挑千斤担，不挑九百九，迎着困难上，顶着风雨走……"的歌声仍然在田野里回荡。那时候，我和弟弟是幸运的，由于年龄小，只是在地边上玩儿。大哥、姐姐、二哥一放假就跟着大人们参加劳动。学生和大人们干同样的活，却挣的是半个工分儿。特别是大哥，为了帮助父母减轻负担，十二岁就开始挑水，我们兄弟四个数他个子最低，从小干了重力活，一辈子就长不了高个儿了。那年我还没有上小学，我也跟着大人们参加修水沟和修农田劳动，大哥在我身边拼命干，并且对我说："小孩子干不了重活，用力过猛就长不了高个儿啦！"那年冬天，大哥被评为公社劳动模范，他开会回来后，把一个喝水杯送给我，那上面印着"劳动光荣"的字样，如今那个杯子仍然摆在家中，成了珍贵的纪念品。

如今"农业学大寨"已经成为历史的特殊记号，家乡的农田啊！那可是几代人用汗水换来的。

2017 年 3 月 20 日

心中有匾

十年前古文物收藏家姚远利到浙江农村，看到一位老太太家的猪圈门上有字，仔细看，发现是一块古匾，上面刻着："孝顺父母，尊敬长上……"再仔细看，他忽然明白，原来是明代皇帝朱元璋圣谕。他问："老人家，您这块木板卖吗？"老太太反问：这不能吃，不能喝，又不能穿，你要它做什么呀？"姚远利说："我喜欢，您如果愿意卖就出个价吧！"老太太犹豫了一阵儿，伸出一把手。姚远利看着老太太粗黑的手在不停地颤抖，以为是五十万或者是五百万，没想到老太太哆嗦着的嘴唇间冒出了几个字："五——百——元。""多少？"姚远利问。老太太见他没听懂，再次强调："五百元！"听到这个数字，姚远利激动得简直无法形容，他颤悠悠的手伸进衣兜，摸出了五百元塞在老太太手里。老太太接过钱有些不明白："这年头，一块破板子，怎么比一头老母猪还值钱？"摘下后，姚远利扛着古匾高高兴兴地走了。

也许今生与匾有缘，那天在朝阳区东岳庙搞活动，姚远利一眼就看出我是爱匾之人，他不仅滔滔不绝地向我讲述浙江收获匾的往事儿，还把古匾拓片印刷后赠送我一张。离我家不远，菜市场边上有个书画装裱店，因为是菜市场，所以店里没多少人。在那里我花二百元为拓片装了个紫檀木框，挂在家里一下子觉得增添了许多文化气氛。我望着挂在墙上的"艺术品"，不由得想起了童年观匾的往事儿。

我出生于桑干河畔，记忆最深的就是东山脚下那些古老的破庙和楼阁中央高高悬挂的古匾，匾额虽然被岁月尘土笼罩，但仔细观望仍然能看清字的模样——清泉寺。那庙门是什么时间建造的，匾又是什么时候挂的，每当说起这些，村里的老人们总是眉飞色舞地讲：其实那不是寺庙大门，寺庙大门在河南。听后我有些丈二和尚摸不着头脑，清泉寺在河北，庙门怎么会在河南呢？两省间隔七百多公里啊！村里老人们讲述：话说那年黄昏，鲁班从天而降，一夜间把清泉寺建好，天亮时他回天庭复命。玉皇大帝问："竣工了吗？"他回答："是的。"玉皇大帝又问："不缺什么了吗？"此时，他忽然想起由于时间仓促，庙门忘记建造了，第二天他赶紧返回原处建造庙门，可那天阴雨沉沉，雾气笼罩，他匆忙寻找，结果把河南省登封县（现为登封市）嵩山少林寺误认为是河北省宣化县（现为宣化区）桑干河畔的清泉寺了。在少林寺边上匆忙建造庙门后，立刻返回天庭复命去了。我小时候家乡还没有放映《少林寺》电影，老人们是从哪里知道河南省有嵩山少林寺的呢？

2001年我在解放军艺术学院上学，学院安排同学们到河南新乡驻军某部实习。利用空闲时间，我专门去了河南省登封县（现为登封市）嵩山少林寺，在那里没有发现多余的庙门与家乡清泉寺有关，从那以后我更加明白，村里老人们讲述的是美丽的传说。不知从什么时候起，清泉寺那厚重雄壮的古匾上丰腴的笔迹，深深地刻在了我的脑海里。也许是受那古匾影响，我渐渐地喜欢上了书法，在上下班的地铁车厢里我认真阅读《中国书法史》时，忽然眼前一亮，发现家乡清泉寺古匾的笔迹是颜体。村里老人们回忆，当年在破"四旧"风潮中，大佛被打碎时，人们惊讶地发现大佛肚子里满满装着经卷，很可能是唐朝或者宋朝和尚抄写的，用当代书法眼光来看，全是珍贵的书法真迹。那时庙房被占用，寺院大量文物被毁，和尚四处逃散，当时只有那不被人们重视的牌楼和古匾安然无恙。小时候，寺庙的房子变成了商店和仓库，母亲在商店购物，我在外面玩，母亲多次叮嘱："千万不要靠近那牌楼，那里有神仙！"尽管母亲说得很严肃，但我还是走到牌楼和古匾下向上观望。当然那时候不是欣赏书法，而是看上面住的是什么鸟，结果鸟没记住，却把牌楼和古匾印在了自己心中。

家乡的寺庙为什么取名"清泉寺"？传说在唐朝年间，半山腰长出个大大的青萝卜，那年家乡旱情严重，桑干河水断流，人们想把那个鲜嫩的大萝卜拔下来解渴。一天两个小孩儿去拔，青萝卜拔出后，一股清泉从萝卜根底喷涌而出，日夜奔流，人们喝着清泉水别提有多高兴！几天之后，两位僧人云游到此，发现大山脚下此乃风水宝地，于是决定在此建造寺庙，取名为"清泉寺"。我小的时候寺庙只剩下十多间旧房子，还有牌楼和古匾，老人们说："那只是寺院的一少部分，民国年间，整个寺庙规模宏大，钟声悠远，里面住着许多和尚……"牌楼和古匾的历史是那么久远，它像一位沧桑的老人，目睹了朝代的更替。

1986年大秦铁路在家乡修建，人们在打山洞时，山洞里多处冒出水来，那时人们才知道原来清泉是大山的血脉。在忙碌修路中，谁也没注意东山脚下的清泉。铁路竣工后，家乡再次缺水，当人们想到清泉时，发现清泉不见了，清泉到底是绕着后山跑了，还是渗入地下？清泉的失踪成了谜团。

那时候人们没有古文物保护观念，之所以没人敢碰那牌楼和古匾，是怕得罪神仙，但随着科技观念的增强，人们渐渐发现神仙不像想象得那么可怕，于是人们开始动手拆庙、盖房、拓宽公路等，在忙乱中寺庙的老房子、牌楼和古匾化作烟尘蒸发了，村里的老人说："鲁班生气，把牌楼和古匾收走了！"从那以后古匾永久留在了我的记忆中。

去年六月，我去四川省眉山市参加"第八届中国冰心散文奖"颁奖活动，巧遇陕西省文联副主席、著名文化学者肖云儒先生，他19岁上大学时，在报纸上发表文章首次提出："散文形散神不散理论。"他不仅有深厚的文学修养，同时还是著名书法家。在朋友的帮助下，我求得了一幅墨宝——桑农书房，看着新匾制成挂在家里，我心满意足，是啊！不管什么年代，匾都是历史的沉淀、永久的记忆。

此文章发表于2019年12月10日《中国文化报》美文副刊栏目。

桑干河畔的向阳花

在我童年时期，每个村子都有两名到三名赤脚医生，他们虽然非正规院校毕业，可别小看他们，儿童时代我咳嗽了，赤脚医生到家给我配发几颗土霉素。我发烧了，赤脚医生到家给我测量体温、刮痧、配药，然后在赤脚医生的指导下喝一大碗热水，好好睡上一觉，第二天就康复了，至今我们那里的人们仍然很少去医院看病。

姑姑是20世纪70年代中期的赤脚医生，她行医期间，把比我大一岁的表哥放在奶奶家，我和表哥上山下河掏鸟抓蛇到处玩。一次，我们听说野蜂蜜比糖甜，于是产生了掏野蜂蜜的想法。炎热的夏季，野蜂把窝筑在田边的大石头下，那蜂窝上的野蜂密密麻麻，它们把自己的家园围得严严实实。为了弄口野蜂蜜解馋，我脱下上衣，向着那硕大的蜂窝猛扑过去，那些野蜂可不是好惹的，它们顺着衣服的袖口和缝隙钻出来，我一看情况不好，我和表哥一前一后赶紧跑，黑乎乎的野蜂团队在我们身后"嗡嗡"紧追不舍，眼看要被追上了，我俩一牵手一起跳进了麦田里。当我透过麦秧缝隙向上看时，发现在我们藏身的上方有许许多多野蜂在寻找我们，虽然藏得严实，但还是被几只野蜂找到了，它们把我的后脖子蜇了三个大肿包，表哥赶紧撒尿，给我用尿泥往肿包处涂抹。当我回头看表哥时，他的一只眼睛肿得只剩下一道小小缝隙，脑门上还有两个大包。他刚才也没藏好，也被野蜂蜇了，我赶紧给他涂抹尿泥，至于童子尿是否能消肿止痛，至今我也不知道。

姑姑在外行医经常到处走，一天她行医回来，有人感谢她，送了她一包花生。她一进家说："孩子们多，花生太少，没法分，你们自己抓吧！"说完她把花生倒在桌子上，当时我年龄最小，我见表哥和姐姐们在快速伸手抓着什么，我闭着眼把手伸到桌子上抓了半个花生壳，我看着哥哥姐姐们吃得津津有味，我模仿着把自己手里的半个花生壳放在嘴里，正要嚼的一瞬间，被眼快的姐姐发现了，她着急地对我说："啊！花生壳不能吃，赶快吐出来！"姐姐边说边用手捏我的两腮，我把花生壳吐出来了，她把花生瓣放到我嘴里，我一嚼，感觉满嘴流油，至今我还清晰地记得那个味道，那是我第一次吃到那么好的东西，那味道真是太美啦！多少年后我才知道姑姑是最爱吃花生的，可那时她没舍得尝一个。姑姑一辈子行医，救人无数，在20世纪90年代中期，她累病了，不久离开了人世。

姑姑走后，二嫂从河北华中医师学校毕业后来到桑干河畔，担任起乡村行医重任。她会打针、会输液、会诊脉、会配西药和中药，还会针灸。她针灸绝活是祖传的，她生长在民间郎中世家，到她已经是五代行医了，她在行医过程中理论与实践结合，以优秀的成绩考取了全国高级医师资格证书。她经常背着药箱跋山涉水，夜以继日地为桑干河畔生病的人们看病。那时候，赤脚医生不仅看病，同时还担任接生婴儿的重任。家乡有习俗，小孩出生第一个月不能见陌生人，为此婴儿出生后，主人在院子大门上锁的位置系根儿红丝带，来访的亲戚或者是叫花子等陌生人看到红丝带，就像当今司机见到红灯一样，立刻止步，但是赤脚医生不受限制，小孩儿出生三天内见到的所有人不属于陌生人，到底有什么科学依据，没人能说清楚，可千百年来人们遵守这种习俗，因此人们认为去医院生小孩儿没有在自己家方便。一天深夜，二嫂被一阵急促的敲门声惊醒，当她开门时，发现一个三十多岁的男子站在门口，他着急地说："大夫，我家住在离这里二十多公里远的王家背村，我媳妇要生了，麻烦您去我们家，我们那里是山区小路，夜间不便开车，委屈您骑我的毛驴，我帮您牵着，这头驴子很听话，您放心……"说完两人匆忙上路了。在那高山深处的村庄里流传一首歌谣："沙窝地长土豆，不用施肥不用浇，哎哟哟，秋天一铲挖出个个大土豆，哎哟哟，大土豆……"那里山顶上的沙窝地盛产土豆，也许和那大土豆有关，孩子的母亲虽然身体瘦弱，但孩子却胖乎乎的，在生产过程中，孩子的母亲经过痛苦的折磨才把小孩儿生下。母子平安了，可那时正是深夜，考虑夜间下山不安全，只能等天亮。山上属于经济贫困区，那里的人们结婚没有什么嫁妆，但对用新棉花缝制的新被褥十分看重。男娃十岁时父母就开始攒钱、买布料，以及到山下加工制作等，为儿子准备结婚用的新被褥，一直准备到十八岁。那户人家看到刚出生的胖胖的儿子，甭提多高兴，他们把为二儿子准备的新婚被褥拿出来给二嫂盖，二嫂看着那干净的新被褥怎么也不舍得用，她把新被褥折叠放好，自己披着大衣在墙角坐靠了一晚上。第二天上午，那个男子要牵着毛驴把二嫂送回家，并且要给二嫂一口袋山顶上产的土豆和一篮子自己家的鸡下的蛋，这是山顶人家最高医疗报酬。二嫂说："土豆可以带着，鸡蛋留给孩子妈妈月子里吃，月子里千万要保证孩子妈妈的营养……"

多年来，二嫂在桑干河畔行医救人无数，接新生婴儿更是数不胜数，她不分昼夜，尽职尽责，随叫随到，从来不记个人得失，用高尚的医德和丰富的诊断经验捍卫桑干河畔人们的生命安全，她被称为桑干河畔的"向阳花。"桑干河畔著名赤脚医生还有裴举会、孟贵升、秦荣秀、王树本等，他们和姑姑、二嫂一样，都是功不可没的乡村医生。2003年非典型性肺炎（SARS）肆虐期间，村里的向阳花纷纷走乡串户，为村民测量体温，向村民讲解预防常识，在她们的呵护下全村无一人感染。2020年2月新冠病毒来势凶猛，在这严重影响人们正常生活的关键时期，我从微信群里看到家乡的向阳花又在行动，他们与县、镇防疫站的工作人员、村干部、党员、群众形成了"联防联控无死角,群防群治全覆盖"的预防工作体系,他们有的年近八十岁,但仍然顶着风寒,踏着积雪,挨家挨户为村民测量体温,讲解防护常识……

桑干河畔的赤脚医生们呀,你们像向阳花一样永远绽放在桑干河畔……

2020年2月22日夜于抗击疫情期间

戏迷胡大爷

我生长于河北、山西和内蒙古交界处桑干河畔的小山村,那里的人们喜欢唱晋剧,当地人称"山西梆子"。儿童时期,偏僻的小山村人少,演戏时台上的演员、乐队和演出保障人员经常是台下观众的数倍,遇到寒冬时节天降大雪,台下无观众,但家乡戏还是照常开演。受家乡戏的影响,我从小喜欢二胡和笛子,长大当兵后考上了解放军艺术学院。家乡不仅山美水美,回想那些土得掉渣的家乡戏更美。那高亢的曲调、舒展的动作、动人的故事情节至今仍然留在我的心中。家乡戏中有位特殊人物,他比我父亲大几岁,村里的晚辈尊称他:"胡大爷"。他虽然出身贫寒,但他是个民间戏曲奇才,中国戏曲学院的师生到那里采风时,对他评价很高。如今虽然他不在世了,但他爱戏和教戏的故事仍然在家乡流传,并成为当地人们生活中的美谈。

听村里的老人们讲,胡大爷小时候是孤儿,经常给地主家放牛,他多么渴望能到私塾房读书,可他交不起学费。一天,他放牛回来,看到戏班子在村口演戏,他看着入了迷。演出结束后,戏班正在收拾行当,胡大爷赶紧跑过去说自己要拜师学戏,班主见他诚信可嘉就收留了他。那年他七岁，从那以后他也就算有自己的家了，多么不容易呀！他在戏班里帮着搬道具、打水等，什么活都干。休息时，师傅教他认字，没想到他的记忆力超强地好，师傅高兴地说："这孩子行！"他在戏班打杂的过程中都不忘用心记下每个演员的唱腔和出场音乐。十七岁时，戏班演过的所有戏，每个角色的唱念做打，甚至所有音乐他都记得清清楚楚。

新中国成立后，他和班里唱青衣的师妹结婚了，在桑干河畔的小山村安了家，再也不过流浪的生活了。一天，有人来找他，说北京的中国戏曲学院让他去教书，他满口拒绝："哎呀，不行，我识字不多，也没有正经登过台，曾经在戏班里只是个打杂的，去教书哪能成。"

在粮食紧缺的年代里，他和村民们一样面黄肌瘦，浑身浮肿。在挨饿中，他和爱人虽然气力有限，但还是坚持为村民们唱一段，村民们感慨地说："听了他们夫妻的唱段，都不觉得饥饿了！"在那农业大学寨的岁月里，他和社员们没白天没黑夜地干活，但在空闲时他爱人唱戏，他拉琴，只要社员们听了他们两口子的戏，疲劳感就消失得无影无踪。

20世纪80年代初，村里打算组建农村戏班，村党支部书记要他担任班主，他满口答应："咱村儿自个儿的事儿，可以！"他一出山可就远近闻名了，邻村也来找他。他说："我的戏全在肚子里，你们想要，就找个文笔记录能力好的，我说他可以记录下来。"就这样，他肚子里的戏派上了用场，那些年他东奔西走，整天忙个不停。他有个习惯，一年四季喜欢穿宽大的裤子，左右裤兜里经常揣着剧本儿，因此学戏的演员们都戏称他"大裤裆师傅"，他感觉这样称呼很好，无论演员们怎样称呼，他总是耐心地为演员们讲戏。

20世纪90年代末，村里许多年轻人外出打工，农村戏再也组织不起来了。一天，他扛着铁锹正要下地干活，突然在村口遇到了一位三十多岁的男子，那男子自报家门说是从北京来的，是中国戏曲学院的研究生，来民间进行戏曲采风创作的。胡大爷听后很兴奋，心想，五十年代中期，有人邀请自己，自己没去，今天娘家来人儿了，他"当啷"一下把铁锹扔在地上,用手拍拍肚子,激动地说:"兄弟,你问对人了,我老汉今年七十多岁,我的戏全在这里,你要问哪一部?"研究生说:"咱们谈谈《铡美案》。"胡大爷兴奋地说:"包公的唱腔是这样……秦香莲唱腔是这样……过场打击音乐是锵锵锵……"这么一折腾一上午时光在不知不觉中过去了。研究生心想,今天算是遇到高人了,他大字不识几个,肚子里竟然完完整整装了一百多部戏,并且每场戏的角色唱腔记得清清楚楚。此时胡大爷说:"我没什么文化,折腾一上午了,你也来一段,在这个偏僻的小山村儿,我一辈子还没听过研究生唱戏,今天有幸听听研究生的唱功,好让我老汉开开眼。"研究生听后,立马谦虚地说:"大爷,不瞒您说,我是搞戏曲理论研究的,实际操作还真不行。"胡大爷说:"戏曲理论是戏曲的营养,就好像给刚出土的玉米幼苗施肥和浇水一样,戏曲演员如果掌握了理论,就会把其中角色演得更真实,比如我经常给徒弟讲,西汉……东汉……唐朝……宋朝赵匡胤……宋徽宗……八姐九妹去游春……"研究生心想:"老汉历史知识不仅丰厚,而且他的戏曲理论已经和当地农民种玉米融为一体了……"胡大爷说:"中午了,咱们到家里喝喝水吃吃饭,慢慢聊……"研究生到家后更为惊讶:"胡大爷家书柜和墙壁书架上全是与戏有关的书,有线装本,有手抄本……把研究生看得眼花缭乱。胡大爷带研究生走进另一间屋子,那屋子架子上琳琅满目全是乐器。胡大爷介绍:"这是我师傅曾经用过的板胡,制作于1925年,音色非常好……"说着胡大爷拿起板胡边拉边唱……接着又拿起一把琵琶说:"这是我师娘曾经用过的琵琶……"说着又弹唱起来……弹唱结束后,胡大爷带着研究生又走进另一间屋子,那屋子里全是戏曲演出服装。胡大爷介绍说:"戏班散伙时,师傅将戏班所有剧本、服装、道具、乐器等全交给了我,这么多年我一直保存完好,并在此基础上月月积攒,年年增加,家里形成了一个民间戏曲博物馆。这么多年,这个小山村儿的地方戏有起有落,无论什么时期总会有些青年人前来问询,家里总是唱唱打打……"胡大爷女儿学金融专业,在县城银行工作;儿子在县城教书,孙子孙女儿经常从城里回来,听爷爷奶奶讲戏。

参观到这里,研究生感叹:"自己所在院校的教授是分行当的,而胡大爷不论生、旦、净、末、丑样样精通,谁说农村没有高人,自古高人在民间啊!"

2019 年 3 月 26 日

母亲草

北部边疆的天气说变就变，时不时还吹来些黄沙，下些泥雨，给新战友们的训练增加难度。

那天早晨，部队正在集合开饭，忽然有轻轻的敲门声，我开门看时，一位五十岁的农村妇女怯生生地站在门外，她黑黑的瘦瘦的，脚边立着一个大编织袋子，鼓鼓的。

"请问铁柱在吗？啊……不……是吴爱军。"她说。"噢，他在，您请进来吧。"我知道这肯定是河南籍战士吴爱军的母亲，常言道："儿行千里母担忧。"瞧，这新兵刚入伍，母亲就随后跟来了，还大包小包地提着。

"您请坐，先喝点水，休息一会儿，我这就给您把吴爱军叫过来。"我说。"哎！不用了，俺知道你们这儿训练紧，要求严，再说俺家里农活也忙，俺下车时就把回家的车票买好了，俺这次来是为了给俺孩儿送一盆草，麻烦您转交给他。"说着，便从编织袋里小心翼翼地端出一盆嫩绿的植物来。圆圆的叶子，弯弯的枝干，栽在花盆里，看上去真是一株很普通的草。我不禁觉得好笑，心想："这千里迢迢坐车来是为了给儿子送一盆草？"这位母亲可能看出了我的心思，解释说："俺孩儿有个怪毛病，身上有时起一些红疙瘩，不管用什么药都治不好，在家的时候，俺给他用这叶子往身上一擦，不过几分钟红疙瘩就消下去了。前些日子，他给俺写信说北方风大，身上又起了些红疙瘩，浑身痒得很，今天俺给他把这草送过来，如果他感觉不舒服时就自己擦一擦……"经她这么一说，我立刻想起："一个月以前，吴爱军身上、脸上、手背上都起了许多红疙瘩，我陪他去团部医院，打针吃药可就是不管用。"啊！原来是这么一回事，我禁不住鼻子一酸，眼前一片模糊，好细心的母亲啊！

训练场上，连队官兵正在热火朝天地训练，此时吴爱军的母亲已踏上了返乡的列车，我久久地凝视桌上的这盆草，仿佛看到了茫茫大地上，有无数位母亲在辛勤劳作……

那些日子里，吴爱军母亲千里送草的故事在连队成为佳话，每次训练归来，战友们总是先去俱乐部看看母亲送来的这盆草，在全连官兵的呵护下，那盆小草也长得越发旺盛。

日出日落，每当新战士下连时，他们好奇地问我："这是什么草？"我总是认真地回答："这叫，母—亲—草。"

如今离开军营二十多年了，每当端午节到来，人们采集艾草治疗瘙痒疾病时，我就会想起军营的往事，更会想起往日连队的那盆"母亲草"。

此文章起草于 2002 年 2 月，发表于同年 3 月《空军报》第四版。

老班长和《孔雀东南飞》

每次听瞿弦和老师朗诵《孔雀东南飞》，我就会想起自己在北部边陲当兵的一段往事。

我的老班长出生于河南农村，家境贫寒，只有三间简陋的茅草屋。母亲担心儿子退伍后娶不到媳妇儿，到处和朋友说："只要女方不嫌弃俺家穷就行！"好容易给儿子娶到媳妇了，可没想到儿子在部队提升为干部了。老班长当时回忆："真是邪乎了，再过两天到假就要返回部队了，可母亲在这个时候硬要让自己和小学时期的女同学刘某完婚，看着家里那简陋的样子，再看看头发花白日夜操劳的父母，自己就答应了。"就在婚后返回部队的前夜，他们有了小宝宝，孩子出生时他不在身边，再次回家探亲，孩子已经一岁半了。他家那三间茅草屋紧挨着，父母住东屋，西屋是他媳妇儿和孩子，中间有个堂屋。他进院不知该先去东屋看父母，还是先去西屋看媳妇和孩子。母亲见他后泪落不止地倾诉："后悔不该给你定这门亲呀！"接着就开始倾诉媳妇这不好那不好，话语不断，泪水直流，说得他都没法走开。正在听母亲含泪倾诉时，媳妇抱着孩子忽然闯了进来，屋子里顿时乱了，孩子哭，母亲和媳妇叫嚷，刚回家不到半小时，他就像导火索一样把婆媳积累已久的矛盾全部点燃了。母亲说:"不知礼,没文化,后悔当初选择了你……"媳妇说:"你选谁都后悔……"婆媳你来我往唇枪舌剑,他大喊:"都别吵了!"此时争吵声虽然停止了,可婆媳两人却动起手来……真是清官难断家务事儿,为了缓解婆媳矛盾,他决定第二天就返回部队,把媳妇和孩子都带走。

看着自己的媳妇儿又黑又瘦,真是心痛呀!这两年她既带孩子又干农活儿,真是受苦了。到部队后,由于假期未满,可以暂时不参加训练,他趁机带着媳妇去县城逛逛,给媳妇买几件漂亮衣服。可回来后发现自己的媳妇儿不喜欢穿新衣服,她说:"穿着新衣服感觉别扭,再说自己带孩子和做家务都不方便,还是穿旧的吧!"为此部队政委在看望来队家属时当面表扬:"艰苦朴素,多好的媳妇啊!"孩子来部队快一周了,只会喊妈妈,妈妈也不教小孩儿喊爸爸,更让他着急的是小孩儿吃饭总是用手抓,不讲卫生,他对媳妇说:"教孩子用筷子或勺子吃饭。"媳妇却大发脾气:"我早知道你看不惯我,我走!"说着抱起孩子就往外走。北方冬天寒冷,在部队家属院他连劝带拽,孩子的裤子都脱落了,屁股冻得发紫,孩子不懂发生了什么,吓得哇哇大哭。他想,部队住不下去,老家又不能回,这可怎么办?连队指导员给他出主意:"把媳妇和孩子送到岳母家,等婆媳矛盾缓和了再送回自己家。"第二天他请假把媳妇和孩子送回去了。

事情就是那么巧合,在一次训练中他的手受伤了,在部队医院疗伤期间,美女护士给他换药的那一刻,他忽然感觉心里充满幸福。看着护士那美丽的身材、柔嫩细长的手和那灿烂的笑容,更是让他心醉;再想想自己媳妇那干柴般的手,黑黑的脸,同样是女人,为什么差别这么大?媳妇吃饭时爱吧唧嘴,晚上睡觉前从来不洗漱,倒头就睡。连自己都管不好,怎么能带好孩子?更让他憋气的是那次去县城逛商场返回等车时,他无意发现路边有个花店,赶紧跑进去给媳妇买了一束花,可没想到媳妇见到花后愣了一下,问:"这是什么?"

"花。"他回答。

"干啥?"媳妇问。

"给你买的。"他回答。

"多少钱?"媳妇问。

他回答:"八十元。"听到这里,媳妇忽然生气了:"哎呀!这花不能吃又不能穿,八十元买它干啥?咱老家田间地头花多的是,我带着孩子干农活时从来不看,你竟然花这么多钱去买,真够败家的……"一路上媳妇唠叨不停。他本打算浪漫一把,可浪漫的感觉没有找到,却生了一肚子气。看看人家护士,那次他散步回来,发现自己床头上有束鲜花,花间插了一个粉红色的小纸条,上面写有一行清秀的小字:"春来悄无声,爱比花芬芳。"多么有诗意,多么浪漫。他把小纸条轻轻摘下,在清秀的小字上面写了一行歌谱。夜晚,他在月光下弹着吉他反复高唱:"春来悄无声,爱比花芬芳……"唱着唱着,他的心情进入了更加复杂的状态。他想,此女只有天上有,春暖花开下凡尘,她是那样美丽,换药时对自己又是那样温柔,自己媳妇从来没有对自己温柔过。自己几乎没有思想准备,孩子就来到了人间……他彻夜难眠。论模样老班长也长得不差,高高的个儿,白白净净,会弹吉他,会唱歌,会作曲,还写得一手好字,确实够优秀的,否则怎么会提升为部队干部。也许是他出众的相貌和精湛的才艺吸引了美女护士,不久他和美女护士相爱了。

若想人不知,除非己莫为,他和美女护士相爱三个月后,老家的媳妇带着孩子找到了部队,部队政委大发雷霆:"当代的陈世美,胆敢如此,这样的人还能在部队当干部?"不久他被部队开除,回到老家后,他和小孩儿妈妈离婚了,他也没有和美女护士再次来往,而是外出打工去了。

我弄不明白:"焦仲卿当时虽然为府吏,是古琴高手,刘兰芝十五弹箜篌,是箜篌高手。他们曾巧妙合奏引来百鸟朝汇,乐声感动得孔雀落泪,刘兰芝用孔雀泪做药引子,治好了自己父亲的病。假如焦仲卿的母亲能够容纳刘兰芝,仲卿和兰芝生几个小宝宝,他们一起教孩子学古琴、学箜篌、学画画、学文学，日子多么美好；假如老班长的母亲和儿媳妇能相互谅解和谐相处，媳妇到部队后也能求学上进，快速改变自己，二人共同承担家庭，好好抚养孩子，让孩子认真读书多好啊！为什么不能这样？她为什么要对自己的丈夫发脾气，一发脾气不就把机会给别人了吗？这到底是谁的错？"孔雀东南飞，五里一徘徊。十三能织素，十四学裁衣，十五弹箜篌，十六诵诗书。十七为君妇，心中常苦悲……多谢后世人，戒之慎勿忘。《孔雀东南飞》给我们留下的是什么？我想更多的是教训。天作孽犹可违，自作孽不可活，愿当代天下的婆媳多一分理解，少一分挑剔，多一分宽容，少一分争吵，让美丽的生活充满阳光，充满笑容。

此文章发表于2017年3月《芳草地报》散文栏目。

寻找会吹笛子的人

上小学时，父亲告诉我，冯子存是穷人家的孩子，他做过苦工，放过牛羊，后来去中国音乐学院担任教授了，他把笛子从千百年来的伴奏变成了独奏乐器搬上了舞台，促使中国的笛子进入了可以独奏的迅猛发展时代。听了父亲讲述后，我暗下决心："冯子存由农村娃变成中国音乐学院教授，我也是农村娃，我将来也要去中国音乐学院担任教授，我也要成为艺术家。"

长大后，我当兵考上了解放军艺术学院，在上学期间结交了冯子存的学生曲俊耀先生。2004年秋天，他约我去中国音乐学院参加"冯子存诞辰一百周年"活动。在活动过程中，他向冯子存的女儿冯彬介绍我，她见我是老家人，高兴地说："一看模样就知道是我们老家的小伙子……"活动结束时，她对我说："你是咱们老家人，又懂笛子，又喜欢写作，你为我爸爸写本个人传记吧！"我告诉她："我没有见过冯子存，要想写好传记，我得了解他的生平往事。"她说："你抽空到我们家，我给你讲。"

这样的约定一晃过去了八年。2012年，我从部队转业到北京市朝阳区文联工作，我想这时候该动手写《冯子存传记》了。我和冯彬联系，一天下班后我去了她家，她指着一个房间说："这是我爸爸曾经住过的居室……"可当她讲到冯子存家族往事儿的时候，怎么也理不清楚，按照冯氏家谱，冯子存应该是冯"自"存，什么时候改成冯"子"存的？她思考了好久说："在老家我还有位哥哥，他叫冯顺，可他文化水平不高，怕他讲不太清楚；我还有位哥哥在四川工作，我打电话问他……"一周后，她对我说："在四川的哥哥说，已经过去那么多年了，写什么传记呀，写传记又不能解决吃喝问题，写那个干什么！"因此，冯子存传记的事搁浅了。

2020年5月2日，又过去了九年，我在回老家的路上想，笛子大师冯子存家乡是什么样子？可惜一直没去过，于是临时决定驱车前往。过阳原县东井集镇后，我进了一个小村庄，村里有位老人告诉我，西堰头村在西边……于是我又开车向西走了约十公里，向南一瞧，发现公路南侧有一条小路通向一个比较大的村子，我想肯定就是那里了。

进村后我放慢车速仔细观察，向右转不远，我看到西堰头村党支部委员会大院，当地人称"大队"。我把车停在院子大门口外，刚下车，见有位妇女骑车出来，我上前问："这个院子让进吗？"她笑着说："让进呀，大队院怎么不让进！"说完她骑车匆忙走了。我走进院子，此时有两人从党支部活动室出来，我上前搭讪："如果没猜错，您是村党支部书记吧！"他说："是的，您有什么事儿？"我问："这里现在还有人吹笛子吗？"他说："有的，村里有冯子存的侄子冯顺，他吹笛子，我让人带你去他家。"接着他回头对身边的人说："辛苦你去一下。"那个人对我说："走吧，我骑电动车，你开车。"我说："咱们走过去不可以吗？"其实，我想在路上和他聊聊，先摸摸底做做功课。他说："远着呢！"说完，他骑车先走了，我赶紧开车追。村子比较大，快到村西头时他在一户人家门口向我招手，我把车开过去停好。他把我带进一个院子，我一看院里有四间半窑洞半房屋结构的住宅建筑，西边两间已经破得不成样子了，再往西看还有两间没有屋顶的残垣断壁。从屋里出来一位妇女，她大约六十岁，带路的乡村干部说:"她是冯顺的媳妇,有什么事儿你们聊,我还有事儿。"说完他走了。

那位妇女听说是为笛子而来,对身边的小女孩儿说:"快去地里喊你爷爷。"小女孩儿出去,不到十分钟,从外面进来一位七十多岁的男人,他虽然头发花白,但是长得很壮实,我猜他就是冯子存的侄子冯顺,果然他直截了当:"我叫冯顺,你要问什么?"我说:"我和冯彬认识,但是最近我们没有联系,说实话,这次不是她委托我来的,是我自己好奇想来看看。"

冯顺回忆:我爷爷叫冯玉,爷爷在旧社会农村属于文化人,他经常外出帮村民写房契、地契、保媒什么的。我爷爷有六个儿子,按照大小顺序分别为:冯自秀、冯自成、冯自存、冯自厚、冯自富(我爸爸)、冯自满、还有一个女儿,数她最小,那就是我姑姑,她叫冯自荣。我父亲他们兄弟在音乐方面个个是吹拉弹唱高手,那时候在农村会一两样乐器根本算不上什么,每人至少会三样或者是五样才能在活动中展示才华。我大爷(伯父)和二大爷(二伯父)他们当时在村里戏曲剧团乐队是拉大弦(拉板胡,农村戏曲乐队首席乐器)吹笙和唢呐高手,我三大爷(三伯父)冯自存的强项是笛子。我很小的时候父亲去世了,我和母亲相依为命,那时候村里孩子们喜欢玩弹弓,一天我和母亲要八毛钱,想买个弹弓打鸟,母亲含着眼泪说:"孩子,你爸爸不在世了,娘每天下地干活只能挣一个工分儿,年底咱家拖欠生产队的工分儿都还不上,咱家别说八毛钱,八分钱也没有,你爸爸喜欢吹笛子,咱家墙上挂着的笛子是你爸爸留下的,你吹笛子玩多好,玩弹弓万一鸟没打住,打了同伴的眼睛可就麻烦了。"尽管我感觉母亲说得对,可我还是喜欢买弹弓玩,因为小伙伴们都有,可当时家里就是拿不出八毛钱。一天,我自己取下墙上挂着的笛子,擦了擦灰尘,从一本破书上撕了半张纸,放在嘴里嚼湿后把笛子的吹孔堵上试试,结果吹响了,还真好听,以后越来越喜欢吹了。1969年,也就是我十五岁那年,家里来了位客人,他帮我贴好笛膜,让我吹笛子给他听,因为以前我自己不会贴笛膜，所以一直用纸堵着吹孔吹闷笛，贴上笛膜后我感觉特别省劲儿，声音也清脆嘹亮多了，他听后说："吹得不错。"那天晚上他给我上了第一节笛子专业课，还拿出自己随身带着的板胡，带着我合奏……随后他对我说："我是中国音乐学院教音乐的老师，还负责学院的组织工作，国家要进行'战备疏散'，最近你伯父要回来了，他可是笛子行家，可他最近心情不好，你一定要和你伯父在一起，千万保证他健康地活着……"第二天他又去生产队和村干部说："冯老回乡后可以参加劳动，但不能批斗，更不能关押……"

多少年后，我才知道那个人是来打前站的。新中国成立前三大爷住的老宅在村南的低洼地段，三大爷离开家乡那年，当地下了场特大暴雨，夜间大洪水把三大爷住过的老宅冲没了，这次三大爷回来要住我们家西边的两间屋子。第二天，我和三大爷第一次见面了，他特别喜欢我，喊我的乳名小秃子儿。还有他们从北京带来的冯彬小妹妹，那时我经常带着小妹妹玩。三大娘初来农村不会使用乡下的锅灶和鞴（读 bai，第四声，做饭用的风箱），我经常去帮他们挑水做饭。每到周末，三大爷就给我上笛子课，教我练习单吐音、双吐音、内吐音、外吐音、滑音、刹音，以及飞指和花舌音……如今我的笛子技法是正宗的冯派吹法。那时三大爷对我要求非常严格，我按照他的要求每天一大早起来练习，雨雪不断，有时他还要求我对着大风练习吹奏……我三大娘叫良小楼，她是著名曲艺表演艺术家，当代著名曲艺表演艺术家李金斗和种玉杰等都曾是她的学生，三大娘嗓音特别好，那时村里开大会经常到深夜，当村民们瞌睡时，我三大娘唱，我三大爷用笛子伴奏，听到歌声和乐声的村民们一下子就不瞌睡了，有时我三大爷还让我吹笛子为我三大娘伴奏。十八岁那年，我对三大爷说："我想考文工团。"我三大爷思考了一阵说："地方文艺团体就别考了，去部队当兵吧，当兵保家卫国，再说部队重视文艺，你到那里会大有用处的……"我按照三大爷的指导，到河南焦作部队当兵了。我当的是工程兵，在部队做钳工，笛子几乎没有用上。1974 年，我三大爷离开家乡回到中国音乐学院教书了。1978年我当兵七年后,按照部队规定我复原回到家乡。那时我很想去北京找我三大爷报考中国音乐学院,可由于我在部队当了七年兵,已经错过了考大学机会,我三大爷是讲原则的人,他肯定不会把我这个超龄的侄子招进中国音乐学院的,我也不想给他添那个麻烦。

我问,为什么冯"子"存中间字不和家族兄弟一样?中间的字可是要决定辈分高低的。

冯顺回忆说:我三大爷和我讲过这件事儿。新中国成立前夕,家乡在农会组织的活动下,家里分得了两亩地,作为穷人,终于有自己的土地了,可那年地里的草长得比庄稼还高,我父亲和弟弟下地拔草,他俩越干越有气。回到家中看到我大爷、二大爷、三大爷和四大爷正在家里合练新创编的麻雀调……我父亲和六叔上前和他们吵嚷起来……我大爷气愤地说:"爱谁干谁干,反正我就是不干!六小,你还愣着干什么,去村里看看是否有地主家娶媳妇或者是否有老人去世,只要让咱们去奏乐,咱们就能吃到饭,这年头还得靠手上的绝活和这些家伙事儿(乐器)吃饭。"我六叔出去后不一会就返回来说没有,其实他饿着肚子根本没有心思转。

当兄弟们正在为吃饭发愁时,我二大爷献计:"明天咱村有做皮子生意去包头的,听说那里如今富得流油,咱们还不如带着家伙事(乐器)跟在他们后面,有他们吃的就有咱们的,再说咱们二十年前就去过那里,对那里的人和地方熟。"我大爷听后说:"和我想到一起了,老四、老五、老六他们不爱出远门,让他们留在家中种地照顾父母和妹妹,咱们兄弟三人去那里谋生……"

第二天,他们上路了,当他们走到一个小山坡下,对面来了一支国军队伍,约二百人,那些兵在抢驴子、骡子和骆驼时,将做皮子生意的四人打蒙了,我大爷和二大爷为了保护我三大爷,让他躲在土沟里不要动,他俩向南边山坡使劲跑,想把队伍引开,可那些兵向他俩只是放枪,根本不去追。当那些兵走到土沟时发现了在那里躲藏的我三大爷,把他夹在队伍中一路向北。一天深夜,我三大爷从他们队伍中逃走了,他本来想去包头找两位哥哥，可自己在迷途中跑到了张家口西北方向的尚义县大青沟村。一天，我三大爷遇到了个练武卖艺的戏班，其中有位女子，她不仅人长得漂亮，还会歌唱，她的同伙称呼她"英子"。我三大爷用笛子为她伴奏，他们在完美配合中成了好朋友，她悄悄告诉我三大爷，她们是从西南边鲁艺来的……我三大爷见她上过学堂，懂得革命道理，是自己同行，就对她说自己想去包头找两位哥哥。英子听后说："包头离这里很远，路上不安全，还是跟着我们去张家口吧！我估计曹火星（著名作曲家，代表作品：没有共产党就没有新中国）、刘炽（著名电影作曲家，代表作品：我的祖国）和丁玲（著名作家，代表作：太阳照在桑干河上）他们也快要到那里了……"

我三大爷听说张家口有同行会合，朋友多不被欺负，就答应跟着去张家口看看。在路上，英子问我三大爷叫什么名字，我三大爷用树枝在地上写"冯自存"时把"自"的框中少写了一横，写成"白"了。英子看后捂嘴笑着说："谁给你取的名字？这名字不行，冯白存，一辈子白活了。"我三大爷解释说："不是，我叫冯自存。"接着又在"白"字下面加了一横，英子看后说："没有这个字，我看明白了，你中间的字是自己的'自'对吗？"我三大爷回答："对的，我读过两年私塾，会写字，我父亲还教我练过楷书和行书，什么永和九年，岁在癸丑，暮春之初，会于会稽山阴之兰亭……这不是最近没写字有些手生嘛。"英子说："那也不行，革命队伍就你自己存活哪能行？我认为把'自'改成'子'，'子'在古代是老师的意思，说不定你将来还能成为老师或者大师……"

从那后，我三大爷就改名为冯"子"存了。到张家口后，他果然见到了许多同行。张家口当时是我国西北十分繁华的城市，在大境门山脚下有一所学校，丁玲的儿子蒋祖林（新中国造船工程设计师），当时他十五岁，他和丁玲妈妈从延安来到张家口时，丁玲和工作小组深入涿鹿县农村开展土地改革工作，蒋祖林被组织安排在这所学校学习自然学科。当学校排练合唱歌曲《保卫黄河》时，合唱队唱"风在吼"，我三大爷用笛子花舌技巧吹"风"的声音，合唱队唱"马在叫"，我三大爷又用笛子花舌技巧吹"马叫"的声音，后面用三吐音马蹄点的节奏伴奏，整个合唱队沸腾了……

1987年冬天，我三大爷病重期间，我去北京看望他时，对三大爷说："我酷爱笛子，曾经在您的指导下学了不少吹奏技法，将来我打算在咱们老家办个笛子博物馆。"三大爷听后说："你的想法很好！"看到三大爷重病在身，我心里很难过，回家后我把三大爷曾经住过的房子整理一遍，照原样一直保存至今。目前我手上还有我三大爷1969年时送给我的一支笛子；另外一支是中国音乐学院国乐系教授、博士生导师张维良来调研时送给我的；还有一件比较有纪念意义的遗物，是我三大爷曾经用过的茶叶盒，那是1977年我三大爷回中国音乐学院重新任教时留在小屋里的。2003年春天，中国音乐学院的一位女研究生，她一个人来到我们家，说要住我三大爷曾经住过的屋子，要在里面撰写毕业论文。她是南方人，说话我听不大懂，我想，因为她是我三大爷学生的弟子，所以破例让她住了。她白天和我们下地劳动，晚上回家就开始练习笛子，有时她还和我切磋笛子吹奏技法，让我给她讲农村音乐活动往事儿，她听后说："这次没有白来，收获很大。"她经常写作到深夜，我妻子给她送饭和照顾起居。她人很好，我们把她当自己家女儿一样对待，三个月后她写完论文返回学校了。

我今年快七十岁了，我担心自己去世后，这个村子就再也没有笛子传承人了，多年来我一直想在这里办个笛子博物馆，把地域特色的笛子艺术传承下去，可我是农民，主要靠种地养家，经费实在有限，另外我三大爷住过的房子也越来越破旧，多么盼望政府能帮助修缮……

从冯顺家出来已经是晚上七点多钟了，回家的路上我一直在思考西堰头村的事儿，此时我头脑忽然闪现冯彬十多年前对我说过的话："在老家我还有位哥哥，他叫冯顺……"想到这里，我忽然对上号了，冯彬说的老家哥哥不就是刚才的冯顺吗？他对笛子是那样酷爱，对人是那样真诚，他是感情丰富的民间笛子艺人,他对自己家族往事十分清楚,此人是笛子历史研发的重要人才。西堰头村位于河北、山西和内蒙古的交通要道,这里有丰厚的山西梆子、河北梆子和内蒙古二人台民间音乐文化基础。农历五月初五是冯子存生日,那时西堰头村正是小草返青和花开时节,在这里修缮冯子存故居,开设讲堂,举办中国笛子文化节,让当代喜欢笛子的人来这里参观、学习和比赛,弘扬民间传统文化,该多好啊!

此文章起草于 2020 年 5 月 3 日,分上下集刊登于 2020 年 10 月 13 日和 10 月 20 日的《张家口晚报》张垣档案栏目。

我与《红楼梦》

在解放军艺术学院上学期间,文学老师酷爱《红楼梦》。课堂上,他组织同学们讨论《红楼梦》中最喜欢哪个人物。同学们有的喜欢林黛玉,有的喜欢薛宝钗,轮到我发表意见了,我说:"喜欢刘姥姥……"为此,同学和老师们笑得前俯后仰。也许是从小生长农村的原因,小时候在我身边有无数个像刘姥姥那样的人,她们虽然没受过教育,但是很讲义气。

一次,我出差住在某部招待所,与我住同宿舍的是位素不相识的大哥。他手掌粗大,个子高高的,说话声音厚重有力,看上去他应该比我年长些。由于部队招待所没有电视,所以我们只能闲聊。我问:"您是做什么工作的?""沂蒙山石料加工厂的。"他爽快地回答着。我想,难怪他浑身是劲儿,原来是玩石头的。我接着问:"您来部队是看儿子的?"他说:"不是,这是我的老单位,我是来要求组织平反的。""平反?"我惊讶地问。看到我疑惑,他滔滔不绝地说:"1965年我入伍来到这里,1970年担任排长,那时正值恋爱时期,回家探亲时,未婚妻赠给我一本《红楼梦》,在家读了一半感觉很好,就带到了部队。刚归队不久忽然听说《红楼梦》被列禁书,有此书的必须上交,否则就要被处分。当时自己也想上交，可又想到书中有未婚妻写的赠言，那赠言只适合自己看，上交后万一赠言被公开，将来无法向未婚妻交代，正在犹豫不定时，忽然纪委派驻组的工作人员来了，自己十分害怕，慌乱中将书藏在被子里。没想到自己的慌乱举动被派驻组工作人员发现了，他们从被子里将书取出来，当时就把自己带到师部关紧闭了。在关押期间，未婚妻给自己写了好几封信，自己都没有收到，为此未婚妻误认为自己在部队高升后变心了，然后就嫁给别人了。在部队关押三年后，自己被遣送回家，在石头厂工作。一次下班路上巧遇多年未见的未婚妻，可她已经是别人的妻子了，并且已经是小孩儿妈妈了。由于"问题"一直未能解决，所以没有哪位姑娘敢嫁给自己，已经老大不小了，仍然孤身一人，后来曾经的未婚妻把她远方的表妹介绍给自己，从那以后自己才有了家。现在单位的政治部主任是自己曾经带过的兵，"文革"期间许多冤假错案在八十年代中期就平反了，可如今都九十年代了，自己的事儿仍然没个说法。当时也不知是谁把《红楼梦》定为反动书籍，这部名著谁没读过？此书是我国文化宝库中的瑰宝，怎么就会成反书了呢？那些倒霉的事儿都被自己碰上了……"

初中时期我读过几页《红楼梦》，未能理解其含义，就放弃了，说到底那时候还是生活阅历有限，直到自己为人父，重读此书，才真正体会到此书的魅力。读着《红楼梦》，我时刻在想，不知那老兵的事儿解决了没有，我仿佛看到沂蒙山脚下的石头厂里，一位中年男子郁郁寡欢，他使劲锤打着石头……

《红楼梦》包含的内容太厚重了，假如我上中学时期把此书完整读下来，估计也就是看看爱情。在军艺课堂上，同学们也多数谈的是林黛玉、薛宝钗和贾宝玉的爱情而已。接近中年重读此书，自己已经是舅舅、叔叔、姑父、姨夫等一大堆头衔的人了，读此书当然体会不一样。读着《红楼梦》，我时刻在告诫自己不能像贾赦那样好色无耻；应该像刘姥姥那样，即便自己没什么社会地位，但知道朋友遭难后也要挺身而出，鼎力相助。读着《红楼梦》，我有时在想，父子之间到底是什么情感，自己总担心儿子吃不饱穿不暖，又担心他体重超标，更担心他没有本事儿，将来无法立足社会。想想自己老师的儿子接近三十岁了，长得十分帅气，老师是音乐高手，可老师的儿子对音乐一窍不通，整天除了在家上网玩游戏外，无所事事，为此自己狠下决心，想尽一切办法引导儿子学习一种乐器，起码音乐可以陶冶他的情操。

《红楼梦》第三十三回这样描述：贾政仕途上乱事缠身，正在气急败坏时宝玉不学无术，在外惹事儿，结果贾政一生气，把宝玉狠揍了一顿。艺术来源于生活，是生活创造了艺术。在中国，父亲严惩儿子的事例数不胜数，更让人揪心的是，第一百二十回里"贾政扶贾母灵柩到金陵安葬后，反途中接到家信，看到宝玉考中，心里十分欢喜，后来又看到宝玉走失，复而烦恼。当船行到毘陵时，乍寒下雪，船身靠岸，贾政送走朋友后回船写家信，写到宝玉事儿便停笔，无意中抬头见雪影里有个人，光着头，赤着脚，身上披着大红猩猩毡的斗篷，向贾政俯身下拜。贾政未认清，急忙出船，欲问他是谁。那人已经拜了四拜，站起身来合掌问安，贾政正要作揖还礼，迎面一看，不是别人，却是宝玉。贾政大吃一惊，忙问："宝玉？"那人不言，似喜似悲。贾政又问："宝玉，你为何这样打扮，跑到这里来做什么？"宝玉未及回言，只见船头来了一僧一道，夹住宝玉道："俗缘已毕，还不快走？"说着三人飘然而去。贾政不顾地滑，急忙追赶，见那三人在前步行如飞，哪能赶得上。只听得他们三人口中不知是那一个作歌："我所居兮，青埂之峰，我所游兮……"贾政一面听着，一面追赶，转过小山坡，倏然不见。贾政已赶得心虚气喘，惊疑不定，回过头来，见自己的小厮随后赶来。贾政问道："你看见方才那三个人了吗？"小厮道："看见的，奴才见老爷追赶，故也赶来，后来见老爷，却不见那三个人了。"贾政欲前追，只见白茫茫一片旷野……以上这段梦境般地描述，正深刻地表达了父子情深，这是什么样的感受，这种感受只有在养儿教子的艰辛中才能体会到。

小时候父亲经常给我们讲家族往事："从他往上数三代，那是清朝年间，家中兄弟七人经常去山东和河南等地做生意，日子过得很是兴旺。一年除夕之夜，兄弟们带回一幅纯手工绘制的年画儿。画上是一个老头儿和一个小孩儿，老头左手拄拐杖，右手举着个大桃子。大人小孩儿挤在油灯下围观，有个小孩儿挤着看时，由于天气寒冷不慎将鼻涕掉在画面老人脸上，全家人很惊慌，虽然把画擦干净了，但是心上仍有不吉利的阴影。深夜一位长工给走廊里的油灯添油，不慎将燃着的油桶一脚踢进油房，熊熊大火烧到大年初二，豪华的大宅院在大火中化为灰烬……"我认为那纯属巧合，然而那故事情节正像《红楼梦》描述的那样："金满箱，银满箱，转眼乞丐人皆谤……"家族生活中，有些灾难是可以避免，有些则无法预料，更无法躲避，所以一定要铭记："家族兴旺时更要注重学习，在文化上不断提升，即便家族衰落，瘦死的骆驼也会比马大，这个'大'就是家庭文化的大，民族文化需要积淀，家族文化同样需要，只要有文化支撑家族就会再次复兴。"

《红楼梦》是一颗文学宝库中的璀璨明珠！

2016 年 3 月 9 日

心中的歌声四十年

在我童年的记忆里,每当夕阳西下,无论我在山坡上拔兔草,还是在玉米地里施肥,总会听到村口木杆上那高音喇叭里飞出来的歌声:"美酒飘香啊,歌声飞……"一次,哥哥告诉我:"村委会有台留声机,歌声是从那里传出来的。"听后我感到十分好奇,总想去那里看看留声机到底是怎么回事儿。一个黄昏,我推开那里的房门,里面有几个人正在商量着什么,其中一个问:"小孩子干什么?"我回答:"看看!"他说:"看可以,不能动啊!"走到留声机前,我看着那方正有形的机身,还有那圆圆的唱片,唱片中间有几行小字儿,上面写着:"祝酒歌,男高音独唱,李光羲演唱……"

一次,在音乐课上,老师提着一个方形的盒子走进教室,他自豪地说:"同学们请看,这是录音机,它能把说话的声音录下来,还能播放歌曲……"老师按下开关,那小盒子里传出:"美酒飘香啊,歌声飞……"那一课同学们的心情无比高兴,大家认为那录音机里的歌声不仅优美,还携带方便,比留声机和高音喇叭先进多了。中午,老师和同学们放学回家,我们几个同学没有走,主要是还想听听录音机里的歌声,于是我们悄悄爬窗户进了老师的办公室，四个小脑袋把录音机围在中间。一个同学轻声说："按这个开关它就能唱了。"他边说边伸手按下，只见里面转动，却迟迟没有声音，仔细看才知道，摁下的是录音键，往后倒，再听，我们几个窃窃私语的声音全在里面了，此时大家相互对视，然后傻在那里。小明同学见多识广，他说："听说能洗掉。""能洗？"我们几个惊讶地问。小明肯定地回答："是的！"我们几个异口同声："还愣着干什么，抓紧呀！"大家分别拿脸盆、毛巾……折腾了好一阵，匆忙返回教室。下午老师拿录音机再次为同学们播放，发现磁带不转，拿出来看，又发现磁带里有水，这时老师皱着眉头问："谁干的？"我们几个哪能逃得过老师的目光，老师分别指着："你、你、你站起来！"老师气得背着手在教室里边转圈边说："我早跟你们说过，这是高科技，不能动，可你们就是不听话……"

秋季刚开学，老师讲："我要去乡里开会，你们在这里好好写作业，任何同学不要捣乱，在我的会场里有台电视，我随时能从电视里看到你们……"老师离开教室很久了，同学们都不敢动，有位同学轻轻一动，同桌小声提醒："别动，有电视！"说实在的，在那个偏僻的小山村，那时老师和同学们对电视只是听说而已。

第二年盛夏，我和哥哥到山上拔兔草，看到有几个人在山顶上忙碌着什么，哥哥说："他们在安装电视信号接收设备，以后咱们能看到电视了……"傍晚，我背着青草路过乡政府大院，窗户前的桌子上摆着一个"黑白小箱子"，有几个人围在那里看，箱子里有个人在唱歌："美酒飘香啊，歌声飞……"我赶紧放下背上的青草，站在那里边看边问身边的大姐："那是什么？"大姐悄悄告诉我："电视！"

十八岁那年我入伍参军，九十年代中期，我到驻京某部通信连担任排长，我所在的连队是个男女兵混编连，一次领导派我带四名女兵去潘家园街道参加军民联欢演出。活动场地是个大会议室，当时女兵们演唱《当兵不怕苦》，我用手风琴为她们伴奏。我们刚下台，著名歌唱家李光羲上场了，他唱《祝酒歌》，当时用的是磁带伴奏，他上场后向观众行礼，工作人员开始播放磁带,当工作人员把播放键按下时,不知是磁带受潮,还是播放设备出故障,音箱里发出"呜——呜"的怪叫声,此时站在台上的李光羲赶紧跑进音响操控室,工作人员按照他教的方法进行调试,那时候数据播放设备还不普及,磁带不转最好的办法就是用手轻轻拍拍,或者用铅笔转转等。经过调整后,磁带转了,李光羲再次登台,可当前奏播放完他正要唱时,音箱里又发出"呜——呜"的怪叫声。此时观众着急,音响师急得更是满头冒汗,在忙乱中李光羲瞥了一眼我怀里抱着的手风琴,我俩一对视,真是心有灵犀,他告诉我:"D调!""明白"。我边说边拿了把凳子抱着手风琴快速坐到他身边,拉起了《祝酒歌》的前奏。在手风琴伴奏声中李光羲激情演唱:"美酒飘香啊,歌声飞……"在歌声和琴声的感染下,在场观众情不自禁地拍打着节奏一起唱,到最后高音结束时,我补了一个手风琴技巧性的结尾,也许是过于激动,我右手错了好几个音,可在热烈掌声中,谁也没有注意到。那是我和著名歌唱家李光羲第一次见面,没想到在那样的场合下,我们成功地合作了一次。

从那以后,我和李光羲认识了,他艺德高尚,平易近人。我在京郊某大学担任艺术学院副院长期间,曾邀请他去学校讲课,课后他为老师和同学们演唱"美酒飘香啊,歌声飞……"如今有手机微信了,敬爱的歌唱家李光羲虽然已经步入八十九岁高龄,但他仍然用微信为我传递歌声:"美酒飘香啊,歌声飞……"歌声飞扬的四十年,正是祖国改革开放的四十年,在这四十年里,我亲自体验了从留声机、录音机、电视机到今天的手机微信传递信息时代;亲眼目睹了四十年以来祖国科技日新月异的变化,我认为这举世瞩目的成就来源于勤劳智慧的中国人共同努力。

此文章刊登于 2018 年 6 月《首都公共文化》杂志文学园地栏目。

认识苏三

"苏三离了洪洞县,将身来在大街前。未曾开言我心好惨,过往的君子听我言。哪一位去往南京府,与我的三郎把信传。就说苏三把命断,来生变犬马我当报还……"几百年来,人们传唱一段忠贞感人的民间爱情故事。在山西省洪洞县的大街上,我问一位拉三轮车的老人:"苏三是真人真事吗?"他两只眼睛瞪得圆圆的告诉我:"真人,真事!"老人指着车来人往的街道和古老的苏三监狱向我滔滔不绝地讲述:苏三本姓周,名玉姐,祖籍为河北省广平府曲周县人。明朝正德年间,苏三的父亲名为周彦亨,是河北省广平府一家中药铺掌柜的儿子。他自幼性情温和,聪慧过人。在明孝宗朱佑樘时,周彦亨第一次应考乡试中举。姓谭的考官赏识他的文章,便收他为学生。几年后,周彦亨进京会试,考得了贡生,又参加了殿试,得了第十七名进士。周彦亨功成名就后,回乡祭祖,拜谢师恩。谭氏乘机差人说合,把自己的爱女谭淑贞许配给了周彦亨。生于书香门户的谭淑贞,不仅文才过人,而且琴棋书画样样精通,这样门户的女子嫁给文才过人的周彦亨,两人结合可真是难得的天地良缘。洞房花烛夜不久,皇上降旨,封周彦亨为山西大同府尹,接旨后,夫妻二人打点行装,拜别爹娘，高高兴兴地走马上任了。那时山西大同人烟稀少，到处荒凉。由于周彦亨生于商家门户，多年寒窗苦读确实不容易，所以在官道上为人不仅礼仪周到，而且处世谨慎，清正廉明，平易近人，深受当地百姓爱戴。

第二年腊月，山西大同普降大雪，当人们为瑞雪丰年的好兆头欢呼时，周彦亨夫人生了一位千金，小两口望着窗外银装素裹的白雪世界，给刚出生的女儿取名周玉姐。

周玉姐从小天生乖巧，讨人喜欢，周彦亨夫妇也十分喜爱这位掌上明珠，自从学步那天起，谭氏就每天由浅入深地教女儿读书弹琵琶，周玉姐天生聪明，无论学什么，都学得很快，为此周氏夫妇非常高兴，每天除了教女儿读书和弹琵琶外，还把女儿打扮得像花儿一样漂亮。

周玉姐长到七岁那年，周家夫妇又喜添贵子，取名为金童。正当全家欢喜时，周家夫人因产后中风，一命归天了，为此周彦亨很是伤心，周玉姐为失去心爱的妈妈，哭得更是死去活来。本来一个幸福美满的家庭，自从夫人走后，家里变得冷冷清清。为了照顾两个未成年的孩子，周彦亨只好托人在当地找了染房掌柜的小寡妇原氏为后妻。原氏能进周府的门，那可是烧高香了，她不仅无微不至地照顾两个孩子，对周彦亨更是百依百顺。

第二年秋天，明孝宗朱佑樘驾崩，武宗朱厚照即位。武宗皇帝即位后，不听忠言，反将刘健等一批忠臣革职。周彦亨知道后成天闷闷不乐，几个月后忧郁成疾，一病不起，气断身亡。

周彦亨去世后，周玉姐的后妈原氏现了原形，为了得到周家财产，她同娘家的弟弟一起出了个坏主意，要把天生丽质的周玉姐许配给弟弟家的傻儿子，姐弟俩正在合计，正巧被周玉姐听到，她冲进屋去一把撕毁了亲帖，这一撕不要紧惹恼了后妈和后妈的弟弟，于是姐弟叫娘家人合伙强迫周玉姐成亲。一天深夜，乘原氏不备，周玉姐独自逃出了家门，路过父母坟墓时大哭一场，然后匆忙向河北、山西和内蒙古的交界之地宣化府（现为宣化县）方向跑去，临走时只带了亲娘留给自己的一把琵琶，从此周玉姐依靠从小练得娴熟的琵琶技艺走街串港，过起了乞讨卖唱的生活。

一天，她在一家客店卖唱，遇到一位拉骆驼的商人，说是要带她到河北广平府找亲人，周玉姐听后十分高兴，赶紧跪在地上拜商人为"干爹"。可谁知商人原来是个人贩子，可怜的周玉姐由于年幼无知，高高兴兴地跟着他到了京都，就这样，周玉姐被卖给了京都的一个戏班子。说起这个戏班子，可不一般，据说是宦官刘瑾办的，从表面上看是唱戏，实际上是接收各地买来的美女，经过培训后专为皇宫里的一些官人准备的，由于周玉姐琵琶演奏功底深厚，歌也唱得动听，所以师傅把她列为重点培养对象。一天夜里，她唱完曲儿后，皇宫里一位大官要她去陪夜，于是她赶紧背起琵琶又一次逃走了。

几天后的凌晨，被朝廷革职的忠良大学士刘健，正在小河边练拳，忽然发现水边有一位冻僵的女子，救回家中，这可怜的女子正是周玉姐，当刘健听说她是山西大同府尹周彦亨的女儿时，便对她说："孩子，你父为人忠厚，为官清正，我早有所闻，今天你来到这里，谁也不敢再欺负你……"刘健收留了周玉姐，打算等她养好身体后，就派人送她回河北广平府老家。

转眼数月过去了，周玉姐也和刘家人逐渐熟悉起来，刘健见周玉姐才智过人，歌声美妙，又弹得一手好琴，很是喜欢，并把自己多年写的诗拿给周玉姐谱曲弹唱，周玉姐弹唱得十分动听，为此刘老爷的心情也舒畅了许多，官场上的郁闷之意一扫而光了。

可说起刘健的后半生也真够不幸的，朝廷腐败，自己仕途坎坷不说，偏偏又养了一个不争气的儿子，名叫刘之廉。他见父亲被革职多年，感觉当官没有意思，自己不读书不上进不说，还成天在外和一些乱七八糟的人赌钱逛妓院。一天，他回到家里，得知父亲救回来一位如花似玉的女子，便对周玉姐起了歹心，深夜待在周玉姐房间耍赖不走，为此聪明的丫鬟赶紧禀报刘老爷，刘老爷到后严加训斥了刘之廉，为这事气得刘老爷病倒在床，周玉姐为了报刘老爷的救命之恩，每天守在床前侍奉，几天后刘老爷病情好转，周玉姐就为刘老爷唱他最爱听的曲儿，刘健对这个善解人意的姑娘十分喜欢。这时刘健的同僚，原礼部尚书王琼派三公子王舜卿从南京前来探病，在刘家的日子里，周玉姐的琴声和美貌给三公子留下了深刻印象。

冬去春来，刘老爷的病情一天天加重，没过多久就去世了。刘之廉见父亲过世，不但不料理后事和灵前尽孝，反而逼迫老夫人带着父亲的灵柩回老家，周玉姐见刘之廉不孝，还无理取闹，十分生气，但为了报刘健的救命之恩，周玉姐陪着老夫人，带着灵柩回老家安葬了。一年后，老夫人也在忧郁寡欢中离世了。

再说刘之廉把老夫人和其他家人赶走后，将自家庭院卖给了苏淮夫人开了妓院，从此刘健的家院就改名：怡春院。一年后，刘之廉把卖家产的钱挥霍得差不多了，又出了个坏主意。他跑回乡下老家，假装为母亲祭祀，便编造谎言说朝廷给父亲平反了，他要带所有家人回京城庆贺，就这样，可怜的周玉姐，被骗到京城，高价卖给了苏淮夫人，做了所谓的"女儿"。因为前面有翠香和翠红两位姐姐，所以人们习惯地把能弹会唱的周玉姐称为："苏三"，从此戏剧和书里就有了"苏三"这个名字。

再说怡春院掌柜苏淮夫人这个老鸨儿，由于她年轻时不仅能歌善舞，而且还风流美貌，在京城算是屈指可数的名妓，如客人要她到位，如果不用秤去秤银子，想都别想摸一下她的手，所以人们称呼她"一秤金"。自从她得到苏三后，每天对苏三进行严格调教，经过严格训练后，苏三的琵琶和歌舞专业技能达到了前所未有的高度。转眼间苏三长成了如花似玉的妙龄少女，此时的她体态不仅丰腴，而且气度非凡，虽不能说是倾国倾城，如说沉鱼落雁，闭月羞花一点也不为过。

说起怡春院，在京城也算不上什么，可一说苏三，人们就赞不绝口，多少王孙贵胄和纨绔公子们都垂涎三尺，为此怡春院也就人来人往，名扬京都了。老板娘有了苏三这棵"摇钱树"，恨不得每天每夜让苏三摇出金银来。可哪知苏三从小生长于书香门户，从骨子里厌恶那种逢场作戏的皮肉生活，她盼望早日能遇到一位情投意合，真心相爱的如意郎君，帮她逃出苦海，然后和自己心爱的人过男耕女织生活。

一年春天，原礼部尚书王琼派家人王定陪三公子王舜卿到京城，一是参加春天举行的科考，二是去料理一下京城的账目，临行时老爷反复叮嘱："京城不要久留，考完试，催完债，就赶紧返回。"

到了京城，二人其他方面的事情办得还算顺利，可应试的事，考官发现王舜卿此乃王琼之子，消息传到刘瑾那儿，皇榜一发，三公子就名落孙山了。落榜后的三公子很是郁闷，虽然王定再三劝说，可还是没有什么效果。一天，王定怕他郁闷出病来就说："走，咱俩上街随便走走，我陪你散散心，等你心情好转，咱们就返回南京。"于是他俩不经意经过怡春院，三公子从小家教森严，虽说对怡春院这些地方毫无兴趣，可是里面传出一曲十分熟悉的琵琶曲，大弦嘈嘈，小弦窃窃，音韵回荡，让他心醉神迷，脚步难移，于是不由自主地循声而至。老鸨儿苏夫人慧眼识金，见三公子非一般家庭子弟，赶紧迎上前去寒暄不停，三公子很不耐烦地打断她的话，问弹琴者何人，于是苏夫人一看大买卖来了，赶紧让苏三出来迎接贵客。当三公子一见到苏三时，眼神凝聚，心旷神怡，心想果然琴如其人。当他再仔细看，猛然发现这位女子不就是刘伯父家中的那位弹琴女子吗？他怎么会在这儿？再说苏三走到客人面前礼貌捧茶，慢慢抬头看，发现三公子相貌堂堂，气质非凡，二人接触虽短，苏三感觉三公子不仅谈吐文雅，而且还知晓琴意，明显不同于其他有钱家的纨绔子弟。当三公子说起在刘健伯父家见过面时，苏三更是感觉如见亲人，二人越谈越投机，一秤金在门外偷看，更是欣喜万分，自言道："这个小难缠，多少年来让她陪客就是不肯，今天可算第一次开窍了，发财的时机从此开始啦！"于是老鸨儿留三公子和苏三一起用餐，又留他们在院里住下。几天里王定心急如焚，几次催公子回南京，可三公子总是往后推，最后干脆命王定自己先回去，王定怕事情弄大，赶紧回到南京向老爷禀报。

王定走后，三公子留在京城怡春院里，和苏三继续写诗、弹琴、唱歌，二人相互倾吐爱慕之情。三公子发誓要救苏三出苦海，二人要找个世外桃源，过男耕女织的恩爱生活；而苏三是位有志向的姑娘，她怕三郎专心自己，耽误学业，多次提醒三公子只有用心读书，求得功名后才能救自己于水火。在怡春院的日子里，三公子整天心如蜜似的；苏三却有些闷闷不乐，因为她心里知道，自己虽然生于良家，目前还保持着身心清洁，但毕竟是误落烟雾花海的女子，而自己心爱的三郎现在是尊贵之弟，两人结合怎能经得过三郎家人的同意，她多次劝三郎，早日离开这个地方，回到家里好好读书，等功成名就后，救自己离开这里；而三公子却想得很简单，我带的银子多，在这儿有心上人陪着读书，等来年考取功名，就带着苏三回南京拜见爹娘，到时爹娘见双喜临门，定会高高兴兴地同意二人的婚事。事情恰恰不像三公子所想的那样美好，在怡春院里，转眼半年时光过去了，王定走时把五万两银子放在三公子手上，三公子不懂经营，直接把所有的银子交给一秤金，而一秤金划拉几下算盘珠就把他那五万两银子全算完了，然后板着脸，冷言冷语地向三公子要债，此时三公子再也拿不出银子了，他对老板娘说："来年春天一定奉还。"可一秤金哪能听得进去，最后还是把三公子赶出了怡春院。

三公子走后，苏三装病卧床不起，整天不梳妆，不吃饭，也不陪客人，老鸨儿好言相劝，她就哭个不停，后来派人把她打得遍体鳞伤还是没用，几天下来，一个如花似玉的女子，越来越骨瘦如柴，老鸨儿见这棵"摇钱树"再也摇不出什么钱了，养着还费事儿，于是想干脆把她当作一把干柴卖了算了。

一天，怡春院来了一位贩马的商人，此人五十多岁，叫沈鸿，是山西省洪洞县人，他常年走西口，做贩马生意，此人除了贩马，没有其他爱好，但每次路过京城总要找个高档的妓院"玩玩"。因为这次他来到京城听说怡春院里"鲜花怒放"，所以前来看看，他刚一进门，老板娘见沈鸿行囊鼓鼓，赶紧上前笑迎："哎哟，敢问大爷打哪儿来，在哪儿发财呀？"沈鸿哪有心思和老板娘寒暄，他的眼神早已忙不过来，便问："听说有位名叫苏三的女子？"老板娘赶紧回答："啊！啊！有！有——"接着眼睛骨碌一转计上心来："哎！只是这丫头近日情绪不好，想嫁人啦！"沈鸿问："你说什么，她想嫁人？"沈鸿一时被老板娘弄得丈二和尚摸不着头脑，老板娘接着说："如大人有意就出个价吧！"沈鸿经常在生意道上混，一听便知其意，就接茬说："能让我见见吗？""当然可以！"老板娘说着就把沈鸿领到了苏三房间。沈鸿一见苏三，心想："此女子可为上等佳品，如能买回家中，那可是上天赐的美事儿。"离开苏三房间，沈鸿开门见山问："多少钱？"老板娘把一只手指伸到沈鸿面前，沈鸿二话没说，把老板娘的大拇指和食指按了下去，经过磋商，沈鸿以三千两银子的价钱，把苏三用轿子抬走了。开始苏三哭闹，沈鸿按照老板娘教的"秘方"说："是王家公子派我来的。"此"秘方"还真灵，苏三高高兴兴地跟着沈鸿回家了。

　　说起沈鸿，此人生于山西省洪洞县城东的朝阳村，上无兄弟，下无姐妹。父亲沈豹在当地做小本生意，勤俭持家，盖了两座庭院。这两座院子院墙高大，室内宽敞明亮，室外鸟语花香，在当地来说可算一流豪宅。对于沈鸿这根独苗，沈豹更是精心培养，为了将来好让他出人头地，家里专门设了学堂，请来教书先生严加管教。可到沈鸿十二岁时，父母因染瘟疫双双去世，临走时将所有家产和沈鸿托给了同世家族的沈春。从那以后沈鸿便不再读书，改学武术了，整天摩拳擦掌，舞枪弄棒。沈春老人见他不干正事儿，便劝说，他不但不听甚至还顶撞，为此气得老人多次跑到沈鸿爹娘坟上大哭，没过多久沈春由于悲伤过度离世了。这时沈鸿已长到十七岁，父母在世时家业丰厚，跟邻村姓景的为沈鸿定了一门儿亲，他按照父母遗嘱就和景氏的女子成亲了。景氏是位贤淑的女子，不仅缝补周到，而且从小学得一手做农家好菜的技术，而沈鸿自从成家后不但没有改邪归正，反而成天早出晚归，不务正业，有时夫人好言相劝，他不但不听，反而还恶语伤人，几年下来，两人不但没有生后，而且家景逐渐败落，景氏见生活没有希望，一天深夜跳河身亡了。

景氏走后，同村有一位蔡寡妇老婆婆贪财，早盯上了沈鸿家的大宅院，便乘机说媒，把自己的干女儿毕氏女子许配给了沈鸿。说起这个毕氏女子，模样长得还算可以，可就是由于父母去世过早，从小没有教养好，所以整天好吃懒做，第一次嫁人不到半年就被男人打出了家门，哥哥嫂嫂嫌她丢人，不让她进家门，这才认到蔡寡妇老婆婆门下做了干女儿。她进了沈家，可算野猫遇到了山狼，成了沈鸿的克星，当沈鸿夜晚不归，她就要出去找男人，当沈鸿要动手，她就要摔盆砸碗，就这样不到两年，所有土地落到了蔡寡妇老婆婆手里，沈鸿在家里感觉不自在，找个借口，去走西口做贩马生意了。

自从沈鸿走后，这位毕氏在家更加放荡，在干娘的撮合下同沈鸿以前的拳友赵昂厮混在一起，说起赵昂此人比沈鸿好不到哪里，整天坑蒙拐骗不说，还到处拈花惹草，几年前父亲怕他惹是生非，就花了些银子给他买了个监生头衔，后来和衙门里的人混得很熟。

这次沈鸿回来，身边带了一位如花似玉的女子，毕氏板着脸问："那个小娘们儿是何人？"沈鸿灵机一动赶紧又把苏夫人教的"秘方"拿出来："啊！啊！啊……那那……女子……是是……我拜把子兄弟王家三公子的未婚妻，过几天我要把她送到南京去，先在咱家住几天。"

两天后，毕氏贼眼看出了点名堂，于是就找个合适的时机，再次逼问沈鸿："跟老娘说实话，那小娘们儿到底是咋回事？"沈鸿见瞒不过去就笑着对毕氏说："以前景氏也没有生后，咱们在一起这么多年也没有结出个果儿来，我想这位女子年轻美貌，我就用三千两银子把她从妓院苏夫人的手里买了回来，如果在咱们家能开花结果，那该多好！"听完此话，毕氏立刻号叫起来："天呢！三千两啊！买了这么个小妖精来气我……"接着水杯、桌子、凳子等家具噼里啪啦乱响一阵，然后接着哭骂："你！你……这个丧尽天良的，你……你老牛还想吃嫩草，我……我不活啦！"哭着跑出了家门，去找干娘了。前院已经乱套了，住在后院的苏三还蒙在鼓里，当沈鸿走进苏三房间时，苏三仍然有礼地问："沈大哥，你打算什么时候送我去南京？"沈鸿立刻回答："啊！啊……先……先不急，你好好休息一阵子，咱们就动身。"沈鸿怕苏三知道真相后家里再次起火，为了稳住苏三，他接着说："明天，广胜寺开放，那里风景优美，佛法灵验，不妨我们去抽个签，许个愿什么的。"听到抽签许愿，苏三很是高兴，因为她离开自己心爱的三郎一年多了，为他许个愿，好让他功成名就，然后二人永远恩爱，白头偕老。

再说毕氏到了干娘那儿，一个劲儿地哭闹，蔡寡妇老婆婆大吼一声："别哭啦！哭什么哭，就允许你偷汉子，不允许人家娶小媳妇儿吗？"正说着，赵昂来了，他见到毕氏，上前抱住说："宝贝哎，这几天不见，可想死我了，来来让我亲亲……"此时干娘在边上心想："沈鸿有小了，正给这一对狗男女提供了机会。"可后来又一想："不行，沈鸿那宽大的宅院还没有到手，再说沈鸿有小后，万一不走了，那不就更麻烦了。"想到这里，三人想出了一个狠毒的主意，蔡寡妇老婆婆鬼鬼祟祟地向北大街走去……

第二天，沈鸿叫了两部轿子，又派人带了些银子先行。苏三用过早餐，梳妆打扮后高高兴兴地跟着沈鸿的轿子向广胜寺去了。一路上，苏三就暗暗地祈祷："心爱的三郎啊，今天我为你去向菩萨祈求，让菩萨保佑你早日功成名就，愿上苍有眼，让我们二人早日团圆。"想着两部轿子在山脚落下，苏三哪有心思观赏佛教圣地美景，寺庙里隆隆的钟声早让她心急如焚，她快步向寺庙走去，直奔大殿，大殿里的和尚整齐盘坐，仙乐缥缈，经声萦绕，香烟袅袅，香客成队，好容易轮到苏三，她赶紧虔诚地焚香，双膝跪在蒲垫上，深深地叩了三叩，然后双眼微闭，默默许愿："菩萨啊！保佑我和三郎，上苍啊！你睁开双眼，只要能让我心爱的三郎高中，让我们夫妻团圆，我苏三来生做牛做马都行……"许过愿后苏三来到老和尚面前，只见老和尚哗哗地摇动着签筒，口中念念有词地将签筒送到她面前，苏三伸出柔嫩颤抖的手，抽出了一个满载众望的竹签递到老和尚面前，老和尚闭上双眼念叨几句，然后对苏三说："恭喜女施主，你抽的是上上签,你定会渡过苦海,前程无量。"苏三听后深深地松了口气,喜悦的泪水夺眶而出,心里自言:"三郎啊!你在哪里,你知道了吗?我们马上就要渡过苦海,你我的前程无量啊!"于是苏三赶紧又跪在菩萨面前,再次感谢菩萨显灵,上苍开恩。在旁边看到一切是那么顺利的沈鸿更是高兴,他心想:"这小娘子真是惹人心醉,只要她高兴,早晚她会顺从自己,将来给自己生个大胖小子。"出了大殿,苏三抬头向后山张望,只见后山苍松翠绿,佛塔入云,她赶紧又向后山攀登。到了后山大殿,她又一次敬香许愿,三叩九拜,同样抽签,老和尚同样念叨几句,然后说:"女施主,恭喜你,你抽的是上上签儿,你将会晴空万里,花好月圆……"苏三听了,连连向菩萨叩谢,心想:"两次抽签大意相同,看来真是上苍睁眼了,我和三郎真要花好月圆了。"此时双眼朦胧的苏三,仿佛看到了自己心爱的三郎,胸戴大红花,骑着大白马,卫士们鸣锣开道,正向她走来,三郎看着她,微笑下马,双手扶她上花轿,行人们止步观望,欢呼喝彩……

待夕阳西下时,去时的那两部轿子没有抬进南京府三公子家大院,而是又进了朝阳村沈家大院,沈鸿为苏三掀起轿帘,苏三误认为是三郎搀扶自己下轿,可没想到的是沈鸿出现在她的面前,她感觉非常失望,双腿一软倒在地上,沈鸿赶紧叫人把苏三搀扶进房间,又急忙派人去请郎中,郎中到后,诊断说:"小姐只是受累受寒,并无大碍,调养休息几日便好。"此时沈鸿赶紧吩咐家人做个鸡蛋面,再烧个热汤给苏三驱寒。

再说那个以蔡寡妇老婆婆为首的三人团体,听说苏三病了,三人合计:"下手的时机到了。"毕氏心想:"只要把这小狐狸精除掉,沈鸿继续走西口贩马,自己和赵昂就可以来往自由了。"蔡寡妇老婆婆心想:"只要那小娘们儿一死,在毕氏帮助下,沈鸿早晚得走西口,然后想办法让毕氏和赵昂成婚,这宅院早晚就是自己的了。"想到这里,蔡寡妇老婆婆把从城北药铺买来的砒霜交给了毕氏。

毕氏回到家中,沈鸿正好让毕氏给苏三烧汤,毕氏走进厨房,在烧汤过程中，找了个合适时机，给汤和面碗里分别放了一些，然后吩咐丫鬟端上。

此时苏三心情非常不好，再加上一路劳累，连眼都不愿意睁开，沈鸿端汤关心地说："来，先喝点热汤，然后再吃点儿面，郎中刚才说了，喝点儿汤，吃点儿面就好了。"说着把汤端到苏三面前，将苏三扶起，汤刚到嘴边时，苏三一阵头晕恶心，她想呕吐，沈鸿赶紧放下汤碗，搀扶苏三躺下，苏三接着睡着了。此时坐在餐桌边上的沈鸿，一天陪着苏三烧香、叩头、抽签，回来后又派人叫郎中，折腾得又累又饿，看着桌上热腾腾的汤和面没人吃，心想自己干脆先吃了，然后端起碗来狼吞虎咽，桌上的汤和面顿时全光了，此时毕氏进门，她见沈鸿正在放碗舔嘴，禁不住大叫一声，顺着门框软瘫在地上，沈鸿见毕氏晕倒了，赶紧去搀扶，刚走两步，觉得肚子疼痛，天旋地转，然后倒在地上口吐白沫，气绝身亡，此时苏三感觉有些不对劲儿，慢慢睁开眼睛，见毕氏和沈鸿两人躺在地上，这时一个丫鬟送水进来，见到此景，吓得双手发软"啪"一声水壶掉在地上，摔了个稀烂，转身向外奔跑，边跑边喊："不好啦！出事啦，快来人呢，快来人……"不一会儿，邻居和沈家同族老小都赶来了，霎时沈家大院挤满了男女老少，人群中，蔡寡妇老婆婆见自己的阴谋败露，乘人不备赶紧跑回自己家中，只有赵昂在人群中窜来窜去，假装忙个不停，县衙也来人了，经过现场验尸，发现死者浑身无伤，只是鼻口流血，面部发黑，断定为服毒身亡，最后把丫鬟、苏三和刚刚苏醒的毕氏三人带走了。

赵昂由于工作原因，他对牢狱很熟，那天深夜，他找机会买通看守人员，走进毕氏所在的牢房，合计了下一步……接着他又进入丫鬟所在的牢房……

第二天，也就是苏三到了洪洞县的第四天，县衙里明镜高悬，庄严肃静，县太爷发号施令："升堂！"衙役们："威武——"紧接着苏三、毕氏、丫鬟被带上大堂，县令朝下观看后问："堂下哪位是原告啊？"

毕氏开口道："回大老爷，民妇是沈鸿的妻子，名叫毕三美。"

"你夫是怎么死的？如实招来！"说着，县太爷手一抬"啪"惊堂木声音响亮。

此时哆哆嗦嗦的毕氏回答："回大老爷，我夫沈鸿，年过五十，因膝下无子女，从京城怡春院花三千两银子买来这位女子苏三，指望她能为沈家留后……"此时跪在毕氏身边的苏三恍然大悟，连忙大声喊道："大老爷，我冤枉啊！"

"啪"惊堂木声音响亮，县令喝道："堂下安静，毕氏接着讲！"

"可没想到，这女子怀恋旧夫，将我夫活活毒死，青天大老爷，你可要为民妇做主啊！"毕氏将赵昂给编好的套词儿说完后放声大哭……

"啪"惊堂木声音响亮，县令喝道："安静！"此时干哭无泪的毕氏立刻停住了哭声，接着县令转向苏三："你是苏三吗？"

苏三回答："正是，大老爷，小女子冤枉啊！"

县令问："沈鸿是死在你住的房间吗？"

苏三回答："是。"

"啪"惊堂木声音响亮，县令大声喝道："大胆刁女，你是怎样把沈鸿毒死，从实招来！"

苏三回答："大老爷，小女子冤枉啊！苏三本是良家女子，只因家遭不幸，被人卖到京城妓院，我与南京王舜卿公子结好相许，打那以后想改邪归正，可谁知沈大官人和苏淮夫人密谋，将小女子卖到此地，他二人编造谎言，说要带我到南京寻找三公子，可哪想到沈大官人原来是骗我与他成亲，昨日从广胜寺求签回来，我感觉不适，进屋卧床休息，毕氏命人送来面条和热汤，我头晕恶心，无法吃下，沈大官人吃了，当场吐血身亡，请大老爷明断！"

听后，县令又问毕氏："面条和汤是你亲手做的吗？"

毕氏回答："是，我夫见她不适，好心让我下厨，为她做面条和热汤充饥驱寒，可谁知她竟然在我夫吃面喝汤之前乘机投毒，将我夫活活毒死。"

县令听完两位诉说后，接着问丫鬟，丫鬟哆哆嗦嗦地讲述送水所见，并按照赵昂提前叮嘱好的套词儿说："毕氏大奶奶做饭时我在场的。"此时县令觉得各说有理，心想："人命关天的大事，不能轻易决断。"于是下令："来呀，将三人暂时关押，严加看管，退堂！"衙役们："威武——"

当县令大人回到家中，夫人告诉他有人送来一坛浙江绍兴老酒，县令心想："自从上任以来，家里的好东西不断，但从来没有人送家乡老酒，再说好几年也没有品尝过家乡老酒了。"想着便走到酒坛前，打开盖子，闻了闻，感觉没有什么味道，然后伸手一摸，发现坛子里哪是酒，原来是一大坛子白花花的银子。"县令问："是谁送来的？"夫人回答："是城东朝阳村的赵监生。"于是县令这个所谓的"青天大老爷"立刻明白了案情的真相，经过反复思考，最后决定："苏三是外乡女子，流落几年，没有家人寻找，只好……"其实，在蔡寡妇老婆婆的"指导"下，赵昂不仅送了县令银子，整个县衙上下都做了详细安排，师爷二百两，书手一百五十两，牢头一百两，掌案五十两，门子四十两等。

第二天升堂，拿了银两的县太爷和衙役们个个精神抖擞，当县令简单问过毕氏后，毕氏一口咬定供词，接着就问苏三招还是不招，苏三刚要喊冤枉，县令立刻下令："来呀，大刑侍候！"此时衙役们个个手脚麻利，杀气腾腾。在受刑中，苏三痛得大哭大叫，堂上的县令和衙役们个个双目圆睁："招！招！"。苏三昏了过去，县令又下令："凉水伺候！"可怜的苏三浑身是水，手脚冰凉，微微睁开双眼，她想："早晚也得被这些人折磨而死，无论是好死，还是赖死，反正都得死。"她狠了狠心，有气无力地说了一声："我……我招！"

堂上的人听到苏三说"招"后，县令既高兴又得意，赶紧强迫她在供词上画了押，接着当堂宣判："本案经过验尸、走访调查和当堂对正，断定为谋杀案，案情为，本县辖民沈鸿于朝阳村人，现年五十四岁，以贩马为业，因年老无子，从京城妓院买回苏三，本想要苏三做妾生子，此乃苏三刁性未改，另有别恋，趁沈鸿吃面喝汤之际，在碗中投毒，致人于死命，经本县验明尸首，查明证人，确认为刁民苏三谋杀沈鸿是事实，犯了王法，上报听后处决，宣判完毕！"紧接着，县令又大喝一声："来呀！将苏犯打入死牢，择日斩首！"衙役们："威武——"接着衙役们架着苏三双臂，朝死牢方向拖去。

在昏暗潮湿的牢房里，遍体鳞伤的苏三日夜想念自己心爱的三公子，盼望在自己处死之前能见上三公子一面也算心安了。

再说王家三公子，他带着回家要些银子去赎苏三的念想来到王琼面前，哪知道他还没有开口，怒气冲天的王琼对他就是一阵暴打，然后气急败坏地说："家门不幸啊！出了你这等逆子，让你去京城参加春科，催讨债务，可谁知你科考未中，竟然去了妓院，把银子花了个尽光不说，还想回家要银子去赎妓女，今天我不打死你这等逆子，怎能解我心头之恨！"此时，老夫人、哥哥和嫂嫂等家人赶紧上前求情，王琼这才说："好吧！看在家人求情的分儿上，暂且饶你一死，来人！将他关在后院的书房里，来年若能考中，前事就不提了，如若考不中，将他活活给我打死！"

三公子被锁在小屋里，浑身是伤，疼痛难忍，苏三的身影时刻在他脑海浮现，苏三的嘱咐他更是牢记在心："父母如不同意，你千万要寒窗苦读，求取功名，你我夫妻才能团圆。"于是他在小屋里越是思念苏三，越就发愤苦读。

这年底，朝廷发生了变化，奸宦被除，王琼也官复原职，第二年春科一开始，王家三公子就中了第八名进士，圣旨下，三公子被封为山西巡抚。刚上任，他立刻命人去怡春院打听苏三的下落，派出去的人回来禀报说："苏三在两年前被卖到洪洞县，嫁给了一位做贩马生意的商人。"三公子听说苏三嫁人了，他的心就凉了大半，但他又想："苏鸨儿一生做尽恶事，苏三估计不会有好下场。"此次去山西见上一面，苏三如若嫁给正经人家，就不必打扰，如若生活不幸，也好搭救于她。

这日，他来到山西太原，查阅案卷时不经意发现洪洞县"苏氏毒杀本夫"一案，其中文字描述的人物十分像苏三，于是他装扮成商人，来到洪洞县城北的大槐树下，在喝茶时，同当地的拉车脚夫张老九攀谈起来。

三公子："此地风景甚好，请问兄长可有什么特产？"

老九道："大葱、大蒜、城外的莲藕，还有当地儿的女娃子，那可是闻名大江南北啊！"

三公子听到女娃赶紧抛砖引玉："前面的小弟我早有所闻，唯独这当地的女娃子今天才听说呀！"

提到女娃老九也来劲地说："不瞒你说，这里由于水土好，所以女娃子个个肌肤细嫩，气色不凡。"

三公子："小弟在外经商多年，虽说赚了些钱，但家里的妻子很不如意，小弟想在当地买个女娃子，带回做妾，不知兄长可否帮忙。"

老九道："我说老弟呀，你年轻轻的，还是不要自寻苦吃了，这夫妻还是原配的好。"

三公子："娶妻纳妾，只是生活中的一桩小事，为什么叫自寻苦吃呢？"

老九道："我们村里有一位在外做生意的，因为赚了些银子，从京城妓院买回来一位如花似玉的女子，叫什么苏三，带回家不到五天，还没有同房就把主人给毒死了。"

一听说苏三,三公子被猛地惊了一下，好长时间没说话，老九见眼前的年轻人不讲话了，问道："客官，难道你认知苏三？"

"啊！啊！不……不认识。"三公子心不在焉地应付着。

老九接着说："听说现在还没斩首，只要上级一批准，就立刻斩首示众！"得到未斩消息后，三公子赶紧回到太原，下令："关于苏三的案件，全案起解，将犯人苏三押到太原重新审理。"

苏三离开洪洞县的那天，大街小巷挤满了大人小孩，苏三带着重铐走到大街上，在众目睽睽中，扑腾一声跪下，唱到文章开头的那一幕："苏三离了洪洞县，将身来在大街前，未曾开言我心好惨，过往的君子听我言，哪一位去往南京府，与我的三郎把信传，就说苏三把命断，来生变犬马我当报还……"

苏三到了太原后,经过"三堂会审",案情大白,洪洞县县令、师爷、毕氏、蔡寡妇老婆婆、赵昂等都得到了应有的处罚。

听到这里,三个时辰过去了,拉三轮车的老人要回家,我赶紧问:"在最后几分钟,我再向你请教一个问题,那三公子和苏三最后怎样了?"老人见我追问,便说:目前传说有两种情况,第一种是三公子当了封建社会的"叛逆",辞官后认下了苏三,夫妻二人回乡下男耕女织去了,这也是戏剧经常唱的;第二种是苏三冤案昭雪后,摆在三公子面前的有两条路,即丢官选择爱情和保官位不认苏三。后来三公子选择了后者,为了弥补自己的内疚,他给苏三一些银子,而苏三没有要,却选择出家为尼,话说新文化运动时期,有些民间艺人在河北某地找到了苏三的遗骸,人们又把王家三公子和苏三两人合葬在了一起,从此说书和唱戏故事情节更加丰富了,而愿意了解苏三故事的人更是层出不穷,在洪洞县的大街小巷,你随便问每个人,他们都知道苏三故事。

听完苏三故事后,我望着洪洞县人来人往的街道和苏三监狱,感觉那熟悉的戏剧唱腔又一次在我耳边响起:"苏三离了洪洞县,将身来在大街前,未曾开言我心好惨,过往的君子听我言。哪一位去往南京府,与我的三郎把信传,就说苏三把命断,来生变犬马我当报还……"

2005 年 5 月 8 日

后记

小时候，姐姐告诉我："有位女作家在咱们家河下游十五公里的地方写了一部小说《太阳照在桑干河上》……"当时我听后十分惊讶，作家对我来说已经很高了，并且还是位女作家。

小时候哪敢想自己长大后要成为作家，那时候桑干河畔的孩子们上学前都要做一件事情，那就是养兔子攒钱交学费。六岁那年我每天上山拔兔草，自己养了十二只兔子，秋后它们长得又肥又大，母亲用箩筐担到商店把它们卖了。回到家后，母亲高兴地说："我娃儿明年入学的学费不用发愁了。"母亲用多余的钱还给我买了一双胶鞋，那胶鞋穿在脚上走路的声音都不一样。

那时候还是生产队，父母在挣工分的情况下每天下地干活，大人们劳累一天，晚上拿着《记工本》去记工分儿是孩子们的事儿了。偏僻的山村，那时候没有电灯，在豆腐坊里的油灯下，孩子们把记工员围得紧紧的，都想早点记完工分儿跑回家吃饭。尽管大人们经常教育孩子："好好上学，长大后当作家，为家乡写小说。"无论理想有多高，可一天三顿饭还是要吃的，饭里没有油水儿，当时吃得很饱不一会儿就饿了。作家啊！

就像天上的月亮一样高远。

上小学时，语文老师为我们讲："写小说的作家名叫丁玲，她是湖南人……"听后我感到更惊讶："天呀！湖南女作家竟然到我们家河下游写小说。"上中学时，老师在课堂上为我们朗诵《太阳照在桑干河上》小说中的段落："从树叶中漏进来的稀疏的阳光，斑斑点点铺在地上，洒在他们的身上……"放学后，我站在桑干河畔的夕阳余晖中仔细品味老师课上讲的《太阳照在桑干河上》小说中对果树园的描述，望着桑干河畔那郁郁葱葱的果树，我感觉丁玲对果树园的描述简直太准确太到位了，小说中的描述与桑干河畔果树园的实景结合产生了心中特有的美感。第二天语文课上，我问老师什么是文学，老师听后认真地说："这个问题问得很好，但是不能简单回答，你好好学习，以后自己慢慢感悟吧！"如果说小学语文课是文学的启蒙，那么中学语文课就是文学的基础阶段。中学时代，我的语文老师是位中年男子，他姓吕，他特别喜欢我，让我担任语文课代表，还经常把我带到他们家交流语文学习感受。

桑干河畔的人们依山傍水而居，几乎三里到五里就有一个村庄，而每个村庄都有果树园，果树园里有苹果、桃子、李子、杏子和葡萄等，大山把桑干河畔围得严严实实，那些水果想运到城镇去卖钱可不是件容易的事儿，因此吃水果不难，把水果卖出去可就难了，正因为大山阻隔，上级把我们那里定为经济贫困山区。自古以来有种奇怪的文化现象，越是经济贫穷的地方越生长民间艺术，桑干河畔的男女老少都喜欢唱戏，许多人还喜欢民间乐器，著名笛子吹奏家冯子存就生长在我们家乡的桑干河上游。

长大后，我当兵考取解放军艺术学院，那里不仅是音乐和舞蹈殿堂，更是文学世界，在文学课堂上老师带着我们分析丁玲的名著《太阳照在桑干河上》……

说起涿鹿县，我一点也不陌生，小时候父亲是我们村有名的麻绳匠，那时候父亲带着我经常到河东的那些村落买麻。凌晨六点钟赶马车顺着桑干河一路向东，八点多钟进入河东的西窑沟村，那是涿鹿县的最西端，那里麻的质量非常好，绕出来的麻绳也是一流的。一路上父亲边赶车边给我讲丁玲的故事，也许是受丁玲故事启发，在人生道路上，我潜移默化地喜欢上了写作。

从桑干河畔来到北京，由于年龄差异，我没有见过丁玲老师，但是在参加文学活动时，比我年龄大的作家总是提到她，每当这时我就赶紧问："丁玲老师的儿女们在北京吗？"可身边总是没有人知道。一天，我从市文联开会回来的路上顺便问顺义区舞蹈家协会主席王玉玺，他肯定地回答："我知道！丁玲老师的女儿名叫蒋祖慧，她是咱们国家著名舞蹈艺术家……"听到这里我终于明白了，难怪文学界知道丁玲老师儿子和女儿的人很少，原来是这样。我赶紧接着问："您能带我去见她吗？"他听后迟疑了一下说："我在人家面前是晚辈，我们没有交往过，你去问方伯年主席，他们年龄相近。"我在朝阳区文联不仅负责文学创作协会的联络工作，同时还负责舞蹈家协会的联络，从工作关系来说，我应该是方伯年主席的秘书。方伯年是朝阳区舞蹈家协会主席，同时他还是国家文化部（现为文化和旅游部）首批一级演员，中国歌剧舞剧院资深舞剧表演艺术家。一天，我问方主席是否认识蒋祖慧，他听后回答："认识呀！前段时间我和蒋祖慧老师还一起在中国艺术研究院讲课……"于是我激动地表达自己约见的想法，方主席听后说："明白了，我帮你联系。"一天，方主席告诉我："你打这个电话，我已经和蒋祖慧老师介绍过你了。"2020年9月15日晚上下班的路上，我拨通蒋祖慧老师的电话，听到她讲话的声音我感到很亲切，一方面她是长辈，她说话很随和；另一方面我认为她是我们桑干河畔文学艺术家丁玲老师的女儿，我感觉遇到了亲人。蒋祖慧老师电话里听了我的想法后说："我明白你的意思了，我从小在延安长大，我在母亲身边的时间很少，我建议你去找我哥哥，他在我母亲身边的时间比我多，他是咱们国家造船业工程师，他名叫蒋祖林，他虽然没有专门从事文学创作工作，但是他受我妈妈影响酷爱文学，他还专门为我妈妈写过传记，我打电话帮你联系……"

一个周末下午，我来到蒋祖林家，他和爱人李灵源老师热情地接待了我，还给我讲述了许多有关丁玲的故事，最后把他们写的《丁玲传》一书赠送给我，并在扉页上写了留言。从那天起，我每天在上下班的地铁车厢里认真阅读《丁玲传》。书中的故事真是太感人了，多少次我在地铁里读着，感动的眼泪掉在自己的胸前、书上和手上。通过阅读此书，使我对丁玲了解更加深刻了，同时更体会到丁玲对桑干河，乃至中国和世界文学的贡献之大。

桑干河历史悠久，故事传说很多，多年来我一直在整理、记录和撰写桑干河故事，并把自己撰写的桑干河文章分别发表在《中国文化报》《中国艺术报》《北京日报》《橄榄绿》《首都公共文化》等报纸和杂志上。2016年发表在《中国文化报》上的文章《桑干河畔的情思》，2018年被评为冰心散文奖，中国散文学会常务副主席红孩先生建议用这篇文章的标题作为书名出一本个人散文集，于是把我自己在报纸和杂志上发表过的桑干河文章集结起来，开始进行梳理，希望个人的文集能为浩瀚的文学世界增添一丝色彩。

在此，我要感谢顺义区舞蹈家协会主席王玉玺先生、朝阳区舞蹈协会主席方伯年先生和丁玲老师的儿子蒋祖林、儿媳李灵源、女儿蒋祖慧等先辈们给予的热情支持和帮助。

桑 农

2020年11月20日于北京

寄语

一个未曾料到的机会，我结识了桑农先生，他自我介绍说："我来自桑干河畔……"我们简单交谈过后，他拿出一本厚厚的文稿，表示希望我看看。我见首页写着《桑干河畔的情思》，作者桑农。我不禁心想，这笔名取得甚好，朴实无华。因为笔名好，所以我把他的身份证名字淡忘了，乃至第二次见面时，我不好意思地再次问他身份证名字。

我对桑干河是有着一种不同寻常情感的，我母亲丁玲1946年在涿鹿县桑干河畔的温泉屯村搞过一段土地改革工作。当工作告一段落时，由于国民党军队进犯，她不得不从那里撤离，后来她回忆说："在向南撤退的路上，我脑子里全是温泉屯村的男女老少，我和他们一起生活，共同战斗，我爱那里的人们，我爱那里的生活，我要把他们的真实生活写在纸上，留给读我书的人。"于是她1948年写成了长篇小说《太阳照在桑干河上》，出版后被译成俄、德、日、波、捷、匈、罗、朝等十二国语言，在国外出版发行。1952年3月13日苏联部长会议（苏联政府）授予丁玲所著《太阳照在桑干河上》斯大林文学奖，3月15日苏联各报刊均以显著位置发表了这一决定，6月8日在中华全国文学艺术界联合会举行的获奖庆祝会上，母亲宣布将她本次所获全部奖金五万卢布（当时折合人民币三亿三千七百七十万元）捐献给中华全国妇女联合会国务院儿童工作委员会用于儿童福利事业。

1954年，母亲怀着对涿鹿县温泉屯村人们的情感和思念，把自己部分工资收入和近期收到的创作稿费集中起来，为温泉屯村修建了文化站，其中包括修建房屋、购买器材和图书等，涿鹿县桑干河畔温泉屯村的人们热爱她，怀念她，她去世后，涿鹿县政府在温泉屯村建立了"丁玲纪念馆"，在涿鹿县桑干河畔建立了"丁玲雕像"和"丁玲书院"，并将正在涿鹿县桑干河畔建造的滨河公园命名为"丁玲公园"，为此我与桑干河也有了情感。

1945年12月11日，我随母亲丁玲和母校延安自然科学院（这是一所培养科技干部的学校，历任院长先后为李富春、徐特立、李强、恽子强等），奉命去东北，从张家口路过，我们离开延安的时候，还不知道自己要去东北，到张家口后才知道的，可是到张家口后忽然得到消息，国民党军队切断了通往东北的路线，面对现状我们只能滞留在张家口，在那里生活学习了近一年。1946年9月，张家口战事吃紧，国民党军队从东、西两个方向，向张家口进攻，领导临时决定驻扎张家口的机关、学校和后勤等立即撤退。9月18日下午学校接到撤退的紧急命令，19日傍晚我们从张家口乘坐运煤的敞篷火车一路向西，天蒙蒙亮时到达阳原和大同的交界处天镇县，一百八十里路，火车走了整整一夜。下车后，我们背着被包徒步行军，第三天下午，我们开始渡桑干河，我至今记得那时候桑干河水不怎么深，把裤腿卷到膝盖以上就可以涉水过河。河底有泥沙，脚踩下去总要下陷一寸多深。在行军路途中，学校从当地联系了三辆由骡子拉的大车，车上载着科技书籍和实验室的仪器、药剂，这可都是宝贝，当时是通过地下党从北平买来的，糟糕的是三辆车中有两辆陷在桑干河水中，于是我们一伙人在河中推车，吆喝着牲口，连抬带推，经过一番折腾后，总算是把那两辆车拖拽上了岸，书籍、仪器和药剂也都完好无损，只是这一番折腾，我的裤子全部被河水打湿了，上衣也湿了一大半。上岸后顾不上换衣裤，接着继续前行。第四天，我们从天镇县进入蔚县，在蔚县的暖泉镇住了半个月之后，又继续向南撤退。

一年后，我跟随干部队伍再次北上去东北，路途中再次渡桑干河，过平绥铁路封锁线时敌情十分严重，两天一夜连续行军，走了大约二百五六十里，路上为了牵制敌人，我和干部队的同志们一起和敌人打了一仗，至今那战斗的场面深深地印在我的心中。也许因为这些，桑干河深深印在我的记忆里，每当我见到桑干河畔的人总会有几分乡里乡亲的感觉，所以我和桑农先生的交谈就是在这样的氛围中进行得很随意很坦率。从而我读他的这本《桑干河畔的情思》手稿时，也就自然感到很亲切。就文章而言，我觉得文字流畅，语言朴实。我十分惊叹桑农先生的记忆，书中一人、一事、一时、一地都写得那么清楚，写的大多是平凡人，但又不乏展现当地人朴素品质和高尚精神。我读后，有些人物的形象至今仍在我的脑海里萦绕。

我希望读者们，能同我一样喜欢这本书，也希望桑农先生今后有更多精品杰作以飨读者。

蒋祖林
2020.11.28